folio
junior

COLLECTION DIRIGÉE PAR JEAN-PHILIPPE ARROU-VIGNOD

© Éditions Gallimard, 2001, pour la traduction originale
© Éditions Gallimard Jeunesse, 2009, pour la présente édition

Sindbâd
de la mer

Gravures de Gustave Doré

Traduction de
Jamel Eddine Bencheikh
abrégée et adaptée par l'éditeur

Carnet de lecture
par Virginie Fauvin et Thierry Aprile

GALLIMARD JEUNESSE

Prologue

Il se trouvait du temps du calife[1] Commandeur des croyants Haroun al-Rachid, dans la cité de Bagdad, un homme nommé Sindbâd le portefaix. Il était pauvre et gagnait sa vie en portant des charges sur la tête.

Un jour d'entre les jours, il s'était chargé d'un lourd fardeau sous un soleil torride. Exténué, il transpirait alors que la chaleur devenait intense. Il passa près de la demeure d'un négociant. On avait balayé et arrosé le seuil d'eau de rose, il y faisait plus frais. Près de l'entrée se trouvait un large banc de pierre. Le portefaix se défit de sa charge et l'y déposa pour se reposer et prendre un peu d'air. Une délicieuse brise portant d'agréables senteurs venait de la demeure. Le portefaix se délecta de tout cela et s'assit sur le banc de pierre.

---

1. Calife Commandeur des croyants : le calife (nom qui signifie « successeur du prophète ») exerce un pouvoir politique et religieux. Tout musulman lui doit obéissance. Il est entouré de plusieurs ministres appelés « vizirs ». (*Note de l'éditeur.*)

Il entendit à ce moment des accords de cordes. Un luth accompagnait des voix récitant avec émotion des poèmes écrits dans un arabe des plus purs. Des oiseaux gazouillaient et glorifiaient Dieu le Très Haut sur tous les modes et dans toutes les langues. Ainsi lançaient leurs trilles tourterelles et rossignols, merles et *bulbuls*, ramiers et perdrix.

Sindbâd était émerveillé et vivement ému. Il se leva, passa la porte de la demeure et aperçut un vaste jardin où s'affairaient jeunes serviteurs et esclaves, gens de maison et servantes, dans un déploiement digne de souverains et de sultans. À ce moment, il huma le fumet pénétrant de toutes sortes de plats délicats et délicieux ainsi que les effluves de boissons de qualité. Il leva les yeux et adressa au ciel cet appel :

– Magnifié sois-Tu Seigneur, notre Créateur, Toi qui pourvois comme Tu l'entends à la subsistance de chacun sans compter.

Puis il récita :

Combien de malheureux harassés
jouissent d'un tel repos sous de si frais ombrages ?
Et moi ma fatigue ne cesse de croître,
la lassitude m'accable tant s'accroissent mes
charges.
D'autres sont bienheureux loin de toute misère

qui jamais ne portèrent de pareils fardeaux,
Baignant dans une éternelle opulence,
réjouis et honorés entre boire et manger.
Je suis semblable à toi et tu es mon semblable.
Mais il y a si loin entre moi et toi,
autant qu'il est entre vinaigre et vin.

Ayant récité ces vers à voix haute, Sindbâd le portefaix s'apprêtait à reprendre sa charge et à repartir quand apparut un très jeune esclave, beau de visage, à la taille fine, portant des vêtements de prix. Il vint le prendre par la main et lui dit :

– Entre t'entretenir avec mon maître, il t'y invite.

Sindbâd songea d'abord à refuser de le suivre mais ne s'y résolut pas. Il déposa alors son fardeau auprès du portier, dans le vestibule, et suivit le jeune esclave dans la demeure. Dans une vaste salle de réception il aperçut de nobles seigneurs et de grands dignitaires. Toutes espèces de fleurs s'y épanouissaient en mille bouquets. Sucreries, fruits et mets les plus recherchés étaient disposés sur des plateaux ainsi que vins des meilleures treilles.

De belles esclaves, assises en ordre, chacune selon le rang qui lui était assigné, tenaient des instruments de musique. Les convives avaient pris place autour d'un homme imposant qui inspirait le respect. C'était un vieillard au beau visage, impressionnant et digne, dont les ans avaient blanchi la barbe. Ses traits étaient délicats et agréables à regarder, sa physionomie empreinte de gravité, de bonté, de noblesse. Il émanait de lui une grande impression d'autorité naturelle et de mâle assurance.

Sindbâd le portefaix resta stupéfait devant tant de splendeur. Il se dit en lui-même : « Par Dieu, je suis ici au paradis, à tout le moins dans le palais d'un roi ou d'un sultan. » Puis il se souvint des convenances, salua l'assistance sur laquelle il invoqua la faveur divine, baisa le sol devant elle puis se releva et attendit la tête humblement baissée.

Le maître de maison l'invita à s'asseoir à ses côtés, lui souhaita la bienvenue et le mit à l'aise en lui parlant avec amabilité. Il lui fit présenter quelques plats des plus délicats, merveilleusement apprêtés et succulents. Sindbâd mangea son content jusqu'à être rassasié. Il en fit louange à Dieu, se rinça les mains et remercia son hôte. Ce dernier lui dit alors :

— Tu es le bienvenu et bénie soit ta journée. Comment te nommes-tu et quel métier exerces-tu ?

— Monseigneur, je m'appelle Sindbâd le portefaix. Je transporte sur ma tête les charges que l'on me confie contre rétribution.

– Sache, portefaix, lui répondit le vieillard dans un sourire, que nous portons le même nom : je suis Sindbâd de la mer. Je souhaiterais t'entendre répéter les vers que tu récitais à ma porte.

Le portefaix, confus, se répandit en excuses :

– Ne m'en tiens pas rigueur, je t'en conjure par Dieu ! La fatigue, les difficultés de l'existence et la misère inclinent à la grossièreté et à l'impertinence.

– N'aie donc pas honte, tu es devenu mon frère. Récite-moi ces vers. Ils m'ont plu lorsque je t'ai entendu les dire.

Le portefaix s'exécuta pour le plus grand plaisir de son hôte, qui lui confia :

– Sache que j'ai derrière moi une histoire merveilleuse. Je t'en raconterai toutes les péripéties. Je n'ai atteint au bonheur dans cette maison où tu me vois qu'après d'innombrables épreuves et d'immenses peines et non sans avoir échappé à de terrifiants dangers. J'ai fait sept voyages aussi extraordinaires et stupéfiants les uns que les autres. Ainsi l'avait voulu ma destinée fixée par décret divin contre lequel il n'y a ni parade ni échappatoire.

Puis, s'adressant à l'ensemble des invités, il entreprit de conter le premier de ses voyages.

LE PREMIER VOYAGE
De l'île-baleine
au royaume des cavales

Sachez, nobles seigneurs, que mon père était marchand. Il comptait parmi les grands d'entre les gens, et les plus riches d'entre les négociants. Lorsqu'il vint à mourir, j'étais en bas âge. Il me laissa en héritage de l'argent, des bien-fonds et des fermes. Devenu adulte, je mis la main sur tout cela. Je mangeai agréablement, bus les meilleures boissons et fréquentai des jeunes gens. Je me parai des plus beaux vêtements et menai grand train avec des amis et des compagnons. Je vécus ainsi longtemps jusqu'à ce que je retrouve la raison et revienne de mon égarement.

Je constatai alors que ma fortune s'était épuisée et ma situation détériorée. Il ne me restait presque plus rien de tout ce que j'avais possédé. J'avais bien repris mes esprits mais me retrouvai stupéfait et effrayé. Je me souvins d'une parole que j'avais entendue dans la bouche de mon père. Elle avait été dite par Salomon, fils de David, que

le salut soit sur eux deux : « Trois choses sont préférables à trois autres : le jour de la mort à celui de la naissance ; un chien vivant à un lion mort ; la tombe au dénuement. »

Je me levai sur l'heure, rassemblai ce qu'il me restait de meubles et de vêtements et les vendis. Je fis de même pour mes terres et tout ce que je possédais d'autre. De tout cela, je tirai trois mille dirhams. J'eus l'idée alors d'aller visiter d'autres pays.

Je m'en fus acheter des marchandises, toutes sortes d'objets et un nécessaire de voyage. Je descendis sur la rive et m'embarquai avec d'autres marchands à destination de Bassora. Là com-

mença notre traversée. Nous voguâmes des jours
et des nuits, d'île en île, de mer en mer, de contrée
en contrée. Nous faisions escale dès que nous le
pouvions pour vendre, acheter, troquer des marchandises.

Nous accostâmes un jour dans une île qui ressemblait à quelque jardin d'entre les jardins du
paradis. Le capitaine décida d'y mouiller, jeta
l'ancre et fit déployer l'échelle de coupée. Tout le
monde descendit à terre. On garnit les braseros
pour y allumer la braise. Chacun vaqua à ses
occupations : les uns préparaient le repas, les
autres lavaient le linge et d'autres enfin, dont
j'étais, se promenaient sur l'île. Puis nous nous
rassemblâmes pour manger, boire et nous divertir.
C'est alors que nous entendîmes le capitaine,
appuyé à la rambarde, hurler à pleins poumons :

– Sauve qui peut ! Vite, vite ! Revenez à bord !
Cette île sur laquelle vous êtes n'est pas une île !
Vous n'êtes pas sur la terre ferme, mais sur le dos
d'un énorme animal marin qui s'est échoué là
depuis si longtemps que le sable l'a recouvert. Il
en a fait comme une île sur laquelle ont poussé
des arbres depuis la nuit des temps. Lorsque vous
avez allumé des feux, il a senti la chaleur et s'est
remis en mouvement. À cette heure il s'enfonce
dans la mer où vous allez tous être engloutis. Sau-
vez vos vies avant de périr !

Lorsqu'ils entendirent ses cris, les passagers se ruèrent vers le navire en laissant sur place attirail, effets, ustensiles, paquets et braseros. Certains purent regagner le navire, d'autres non. L'île s'ébranla et s'enfonça vers les profondeurs abyssales au milieu d'un tourbillon furieux, en des remous qui engloutissaient les hommes restés sur le rivage et dont, hélas, j'étais.

Mais, Dieu, le Très Haut, vint à mon aide et me sauva de la noyade grâce à un baquet de bois de ceux qui servent à laver le linge. Il flottait à ma portée. Je m'y agrippai, puis réussis à me hisser tant la volonté de vivre me donnait de la force. J'essayai d'avancer à l'aide de mes jambes, mais les vagues me ballottaient tantôt vers la droite tantôt vers la gauche.

Le capitaine avait mis à la voile et s'éloignait avec les rescapés sans s'inquiéter plus avant des hommes à la mer. Je regardai le bâtiment jusqu'à ce qu'il disparaisse. Je fus alors sûr de périr. Bientôt les ténèbres m'enveloppèrent.

Après toute une journée et une deuxième nuit, toujours accroché à mon épave, je fus rejeté par le vent et la houle contre une île escarpée, bordée d'arbres dont les branches pendaient jusqu'à la surface de l'eau. Je me saisis de l'une d'elles et me hissai à la force des poignets sur le sol ferme après avoir bien cru périr noyé.

La plante de mes pieds était enflée et portait les marques de morsures de poissons. Je ne m'en étais pas aperçu tant j'étais exténué et dévoré par l'angoisse. Je m'écroulai comme mort pour n'émerger de mon inconscience et de ma frayeur que le lendemain, au matin, alors que le soleil était déjà haut.

Mes pieds étaient trop enflés pour me permettre de marcher et c'est en me traînant, moitié rampant, moitié à genoux, que je pus me nourrir de nombreux fruits, étancher ma soif à l'eau douce des sources. Je mis des jours et des nuits à revenir à la vie, à reprendre mes esprits et à retrouver mes forces. Je ne cessai de réfléchir, de déambuler le long du rivage en admirant les arbres dont Dieu, le Très Haut, avait gâté cette île. Je m'étais taillé un bâton sur lequel je m'appuyais.

Un jour que je me promenais ainsi, j'aperçus au loin la silhouette de ce que je crus être une bête sauvage ou un animal marin. Je m'approchai, regardai longuement et vis un cheval de très grande taille, attaché sur le rivage. À ma vue il poussa un long hennissement. Un peu effrayé, je m'apprêtais à m'éloigner quand un homme surgit de terre et me cria :

– Qui es-tu et d'où viens-tu ?

– Seigneur, je suis un étranger, solitaire. Je voyageais sur un bateau lorsque j'ai été précipité à la mer avec quelques-uns de mes compagnons. Dieu a bien voulu me pourvoir d'un baquet en bois auquel je me suis accroché. Les vagues m'ont jeté sur cette île.

Ayant écouté ce que je venais de dire, l'homme me saisit la main et me dit de venir avec lui. Il me fit descendre dans un passage et me conduisit le long d'une galerie souterraine jusqu'à une grande salle. Il m'invita à y prendre place et me servit un repas auquel je fis honneur car j'étais affamé. Une fois repu et rassuré, je demandai à mon hôte :

– Par Dieu, seigneur, pardonne mon indiscrétion, mais je t'ai parlé de tout ce qui me concerne et de ce qui m'est arrivé. J'aimerais bien qu'à ton tour tu me dises qui tu es, pourquoi tu vis sous terre et pourquoi tu attaches ce cheval au bord de la mer.

– Sache que nous sommes plusieurs hommes répartis sur les rivages de cette île. Palefreniers du roi al-Mihradjân, nous sommes chargés de nous occuper de tous ses chevaux. Chaque mois, à la nouvelle lune, nous amenons de grand matin des pouliches de pur sang et les attachons sur différents points de la côte. Cela fait, nous revenons nous cacher dans cette salle souterraine afin que nul ne puisse nous apercevoir. Attirés par l'odeur de femelle en chasse, les chevaux marins sortent des flots et gagnent la plage. Ils promènent leurs yeux de tous côtés et, ne voyant personne, se précipitent sur les cavales et les couvrent. Puis ils essaient de les entraîner dans les profondeurs. C'est à ce moment que, bondissant de terre, nous intervenons à grands cris pour les repousser à la mer. Les juments ainsi fécondées mettent bas poulains et pouliches qui valent des fortunes. Ils n'ont pas de pareils sur toute la terre. Voici justement le moment où les étalons vont sortir de mer si Dieu le Très Haut le veut. Je te conduirai ensuite chez notre souverain.

Je le remerciai pour son obligeance et sa bonté, invoquant en sa faveur la bénédiction divine. Soudain un cheval marin surgit de la mer. Il poussa un hennissement effrayant puis se jeta sur la pouliche et voulut l'entraîner avec lui mais en vain. Elle battait le sol de ses sabots et hennissait. Le palefrenier de garde, alerté par le bruit, se saisit d'un sabre et d'un bouclier et se précipita par la porte de la salle où nous nous tenions, ameutant ses compagnons en hurlant : « Sus au cheval » et battant de son sabre sur le bouclier. Ils accoururent, armés de lances, et se mirent eux-mêmes à pousser des cris. L'animal, effrayé, s'enfuit, plongea dans les flots avec la lourdeur d'un buffle et disparut.

Après quoi, l'homme et ses compagnons décidèrent de m'emmener avec eux. Nous nous mîmes en route – eux à cheval, moi sur une jument – et voyageâmes sans répit jusqu'à la capitale du roi al-Mihradjân.

Ils allèrent informer le souverain de ma présence et lui racontèrent mon histoire. Il me fit mander. On m'introduisit et je me présentai debout devant lui. Je le saluai, il me rendit mon salut, me souhaita la bienvenue, me prodigua les marques de sa générosité et me demanda ce qui m'était arrivé. Je le lui narrai sans rien omettre de ce que j'avais enduré et vu du début à la fin de mon aventure. Mon récit le stupéfia :

– Mon fils, par Dieu, tu as survécu par miracle. Sans la longue existence que Dieu t'a impartie, tu n'aurais jamais échappé à de telles épreuves. Louange à Celui qui t'a pris sous Sa sauvegarde !

Il me combla de largesses, me traita avec bienveillance, m'admit au nombre de ses familiers, m'honora de sa conversation et de ses faveurs. Il me nomma même superintendant du port avec mission de vérifier la cargaison des navires venus au mouillage. Bien plus, je devins son homme de confiance pour la gestion de ses intérêts propres. Il me traitait avec bonté et pourvoyait à tous mes besoins. Il me fit couper une belle et riche robe de fonction. Il alla même jusqu'à me nommer médiateur, chef du service chargé d'instruire les requêtes que lui adressaient ses sujets.

Je vécus longtemps en sa compagnie mais n'oubliai pas pour autant Bagdad. À chaque fois que je me rendais au port, j'interrogeais les marchands, les voyageurs et les marins pour apprendre vers où se trouvait Bagdad, la Cité de la paix. J'espérais que quelqu'un me renseignerait et serait en mesure de me conduire vers ma patrie. Mais nul ne la connaissait et personne ne savait qui devait s'y rendre. J'en fus stupéfait, accablé par la solitude que je vivais loin de mon pays natal.

Au cours de mes voyages dans le royaume d'al-Mihradjân, j'eus l'occasion de visiter une île nommée Kâbil.

Chaque nuit on y entendait battre tambours et tambourins. Selon les dires d'insulaires voisins et de voyageurs, les habitants en étaient gens sérieux et sensés. J'ai également aperçu dans cette mer un monstre aquatique long de deux cents coudées et un poisson à tête de hibou. Il m'a été ainsi donné de voir tant de choses merveilleuses ou étranges que vous les raconter serait par trop long.

Je ne cessais d'aller et venir dans ces îles du royaume. Un jour que je me promenais le long du rivage, un bâton à la main selon mon habitude, un grand navire se présenta, pénétra dans la darse et s'ancra, voiles affalées. La passerelle fut abaissée. Ce bateau transportait un grand nombre de commerçants. L'équipage entreprit de décharger sa cargaison dont je notai l'inventaire sur mes registres. Comme l'opération traînait en longueur, je demandai au capitaine s'il restait encore des marchandises à bord.

— Oui, Monseigneur, répondit-il, la cale contient celles d'un passager qui a péri en mer à proximité d'une île où nous avions jeté l'ancre. Je les ai gardées en dépôt et me propose de les vendre, au bénéfice de la famille du disparu, à laquelle je remettrai la somme obtenue à Bagdad, la Cité de la paix.

— Et comment s'appelait-il donc ?

— Sindbâd de la mer qui s'est noyé dans les flots.

À ces mots, je le regardai plus attentivement et ne pus réprimer un grand cri de surprise en le reconnaissant :

— Mais, capitaine, c'est moi en chair et en os, je suis Sindbâd de la mer !

Mais lorsque j'eus raconté mon histoire et affirmé que les marchandises m'appartenaient, le capitaine s'écria :

— Il n'y a de force et de puissance qu'en Dieu, le Très Haut, le Tout-Puissant. Personne aujourd'hui ne fait plus preuve de conscience ni de probité !

— Capitaine, pourquoi cela ? Tu m'as bien entendu raconter mon histoire ?

— Et toi, tu as bien entendu que je transportais des marchandises dont le propriétaire s'était noyé ! Tu ne cherches qu'à te les approprier et mettre indûment la main sur elles. C'est là un péché. Nous avons vu, de nos yeux vu, cet homme se noyer avec beaucoup d'autres. Aucun d'eux n'a survécu. Comment peux-tu prétendre que tu es le maître de ces biens ?

– Capitaine, prête une oreille attentive à mes propos et comprends-moi. Je dis la vérité ; seuls les hypocrites font usage du mensonge.

Je lui racontai de nouveau tout ce qui m'était arrivé depuis notre départ de Bagdad jusqu'à notre arrivée dans l'île et comment nous allions nous noyer. Je lui rappelai des détails connus de nous seuls. Lui et les marchands – ses passagers – furent enfin convaincus. Ils me reconnurent et me félicitèrent de m'en être sorti indemne.

– Par Dieu, s'exclamaient-ils à qui mieux mieux, qui aurait pu imaginer que tu avais échappé à la noyade ? Le Seigneur t'a donné en l'occurrence une seconde vie !

Ils me remirent alors mes marchandises : il n'y manquait rien et elles portaient encore mon nom. Je les déballai et choisis parmi elles un objet de très grand prix. Avec l'aide de quelques marins du vaisseau, je transportai cet objet jusqu'au palais pour l'offrir au roi. Je racontai à ce dernier que ce bateau était celui-là même sur lequel j'avais connu le malheur. Je lui dis que j'avais retrouvé et récupéré la totalité de mes biens. Le présent que je lui offrais en faisait partie.

À ces paroles, il manifesta un étonnement sans

bornes. Il était persuadé que je ne lui avais menti en rien, me témoigna un amour accru, se montra encore plus généreux à mon égard et me fit de nombreux dons en remerciement du cadeau reçu.

Après cela, je vendis mes marchandises retrouvées et celles que j'avais acquises depuis, réalisant ainsi un très grand profit. J'en achetai d'autres sur place, diverses et variées. Lorsque les marchands du navire de Bagdad décidèrent de leur départ, j'y fis charger tout cela. J'allai ensuite prendre congé du souverain, le remerciant pour ses bontés et sa générosité. Je lui demandai l'autorisation de retourner chez moi, auprès des miens. Il me fit ses adieux et me donna pour le voyage toutes sortes de biens de sa cité.

Nous embarquâmes à la grâce de Dieu et, servis par la chance, assistés par la destinée, nous ne cessâmes de voguer jour et nuit pour arriver à Bassora sans encombre. Nous débarquâmes mais n'y restâmes que peu de temps. Heureux d'être revenu au pays sain et sauf, je regagnai Bagdad, la Cité de la paix, à la tête d'une quantité considérable de marchandises, d'objets et articles de grande valeur. Je retrouvai mon quartier et rentrai dans ma maison. Ma famille et mes amis m'y entourèrent. Je fis l'acquisition de nombreux serviteurs et servantes, d'esclaves blancs et de couleur, de moult concubines. J'avais acquis une immense fortune. J'achetai maisons, propriétés et biens fonciers, plus riche désormais que je ne l'avais jamais été.

Je fréquentai mes amis, me fis des compagnons intimes et vécus bien mieux qu'auparavant. J'oubliai tout ce que j'avais enduré : fatigues, solitude, épreuves, périls et frayeurs. Je me plongeai dans les plaisirs et les divertissements. Je ne me refusai rien des délices de la table et des jouissances de la boisson. Je ne cessai de vivre ainsi. Voilà l'histoire de mon premier voyage. Demain, si Dieu le veut, je vous raconterai le deuxième.

Sindbâd de la mer retint Sindbâd le portefaix à dîner et lui fit remettre cent *mithqâls* d'or pour lui avoir tenu compagnie. Son invité le remercia, accepta son don et s'en fut. Il était pensif, songeant à tout ce qui peut advenir aux hommes, plongé qu'il était dans le plus grand étonnement. Il passa la nuit chez lui, et, au matin, revint chez Sindbâd de la mer. Il entra dans sa demeure ; son hôte lui souhaita la bienvenue, le reçut avec empressement et le fit asseoir à ses côtés. Lorsque arrivèrent ses amis, on servit à manger et à boire. Le moment était délicieux et tous étaient heureux de vivre. Le maître de maison se mit à conter son deuxième voyage.

LE DEUXIÈME VOYAGE

L'oiseau rukhkh
et la vallée aux diamants

Je vous disais hier, mes frères, que j'avais repris le cours d'une existence des plus heureuses et parfaitement joyeuse. Mais me revint en l'âme, un jour d'entre les jours, le désir de voyager, de me livrer au commerce, de visiter villes et îles, et d'accroître mes richesses. Je me mis à y réfléchir et, pour mener à bien mon projet, je vendis une grande partie de mes biens et investis le montant dans l'achat de marchandises et objets divers propres au trafic qui me seraient utiles au cours de mon voyage.

Une fois mes ballots soigneusement ficelés, je me rendis sur le rivage. J'avisai à quai un beau bâtiment, tout récemment gréé de neuf, aux voiles de belle toile, dont l'équipage était fort nombreux. J'y fis embarquer mes marchandises en même temps que prenait place tout un groupe d'autres négociants.

Nous voguâmes le premier jour d'une façon bien agréable. Puis nous ne cessâmes de naviguer de mer en mer et d'île en île. À chaque escale, nous prenions contact avec les autorités et nous mettions en rapport avec les marchands du lieu et tous ceux qui venaient vendre et acheter. Nous avons pu de cette façon commercer et nous livrer au troc. Notre temps se passa ainsi jusqu'au jour où le sort nous conduisit à une belle île dont les arbres innombrables pliaient sous le poids de fruits bien mûrs. Les fleurs embaumaient, les oiseaux gazouillaient à l'envi et les eaux coulaient limpides. Mais il n'y avait pas trace d'habitants, pas un feu à nos regards.

Le capitaine décida de jeter l'ancre. Marchands et passagers débarquèrent et se mirent à cheminer sous les frondaisons tout en écoutant le ramage des oiseaux. Avec quelques autres passagers je m'en fus me promener sur l'île et m'assis près d'une source aux eaux limpides sous les arbres. Je mangeai les provisions dont Dieu avait bien voulu me pourvoir. Un doux zéphyr rafraîchissait l'atmosphère et répandait d'agréables effluves. Je me sentais bien et, caressé agréablement par la brise, enivré par les senteurs qui flottaient alentour, je m'assoupis et ne tardai pas à plonger dans un profond sommeil.

À mon réveil, il n'y avait plus en ces lieux âme qui vive, ni homme ni génie. Le navire avait pris le large avec tous ses passagers et personne ne s'était soucié de moi, pas plus les marchands que l'équipage, m'abandonnant seul sur l'île ! J'eus beau chercher de tous côtés, tourner mes regards vers la droite et vers la gauche, je ne décelai aucune présence. J'en ressentis un abattement extrême. Je n'avais plus rien à moi puisque j'avais laissé à bord du navire mes effets et mes biens ; il ne me restait plus rien à manger ni à boire.

Solitaire, découragé, désespérant de l'existence, je m'adressai d'amers reproches. N'étais-je pas tranquille chez moi, dans un pays où je vivais heureux, jouissant de bien manger, bien boire et de me bien vêtir ? Et je ne manquais de rien : argent et marchandises. Qu'avais-je eu à quitter Bagdad et à reprendre la mer après ce que j'avais enduré de peines et de périls mortels dans mon premier voyage ?

Je devins comme fou, me levai sur-le-champ et marchai dans l'île en tous sens. Je ne pouvais rester en place. Je finis par grimper au sommet d'un arbre élevé et me mis à regarder partout autour de moi. Mais je n'apercevais que le ciel et la mer, la forêt et ses oiseaux, des îles et du sable. Je scrutai alentour avec plus d'attention et aperçus sur l'île comme une forme lointaine, de vastes proportions et de couleur blanche. Je descendis de mon arbre et me dirigeai vers cette forme, marchant jusqu'à m'en approcher. C'était comme une construction

à dôme, blanche, très haute et de grande circonférence. J'en fis le tour sans trouver la moindre porte. Je ne me sentais ni la résolution ni la force d'essayer de parvenir au haut de ce dôme tant les parois en étaient lisses et glissantes. Je marquai au sol l'endroit où je me trouvais et entrepris d'en mesurer la circonférence : elle faisait cent cinquante grands pas.

Je me mis à réfléchir au moyen de pénétrer à l'intérieur de cette construction. La fin du jour était proche, le soleil près de se coucher car il se voila soudain à mes yeux et tout s'assombrit. Je pensai qu'un nuage venait de le couvrir. C'était curieux car nous étions en plein été. Je levai la tête pour mieux regarder ce qui se passait et je vis un oiseau énorme, gigantesque de taille, aux ailes démesurées, planant dans les cieux. C'est lui qui avait couvert le soleil et plongé l'île dans les ténèbres. J'étais stupéfait. Je me souvins d'une histoire que m'avaient racontée jadis les voyageurs au long cours, selon laquelle il existait sur certaines îles un oiseau, nommé *rukhkh*, tellement énorme qu'il pouvait soulever un éléphant et nourrir ses petits de sa chair.

Je réalisai que ce que je prenais pour un dôme était en réalité un œuf de rukhkh ! Je fus émerveillé de ce que Dieu, le Très Haut, avait le pouvoir de créer.

Soudain, cet oiseau se posa sur son œuf, l'enveloppa de ses ailes pour le couver, appuya ses pattes sur le sol derrière lui et s'endormit. Gloire soit rendue à Celui qui jamais ne dort ! Je me levai, défis mon turban, le pliai en double dans le sens de la longueur et le tordis à la façon d'une corde. Je l'enroulai ensuite autour de ma taille, en attachai l'extrémité à une patte du rukhkh – plus épaisse qu'un gros tronc d'arbre – et serrai le nœud solidement. Je me disais : « Cet oiseau finira bien par s'envoler, peut-être pourra-t-il me ramener vers le monde habité ? » Je ne fermai pas l'œil de la nuit de peur que le monstre ne s'envole durant mon sommeil et ne m'enlève avec lui sans que je sache vers où.

Mais il ne bougea pas jusqu'au lendemain, aux premières lueurs de l'aube. Il quitta alors son œuf, poussa un cri perçant, prit son essor et s'éleva si haut que je me crus parvenu à la clé de la voûte céleste. Il redescendit ensuite en vol plané et se posa sur une hauteur escarpée. Je m'empressai alors, sans attendre davantage, de détacher en douceur mon turban de sa patte pour qu'il ne sente rien, et m'éloignai en tremblant de peur. Par bonheur, il ne s'aperçut pas de ma présence. Je le vis se précipiter, saisir dans ses serres quelque chose et reprendre son envol. Je regardai avec attention et vis qu'il avait capturé un serpent d'une longueur inouïe.

L'oiseau se dirigeait vers le rivage. Je marchai quelque temps et parvins à une falaise élevée surplombant une vallée large et profonde, dominée sur l'autre versant par un mont tellement haut qu'on ne pouvait en voir le sommet et encore moins l'escalader. Je me pris à regretter mon initiative : « Pourquoi n'être pas resté sur l'île, me reprochai-je, au lieu de venir en cette solitude désolée ? Sur l'île au moins on trouvait toutes sortes de fruits et des eaux fraîches à boire coulaient en ses rivières. Mais ici il n'y a rien, ni arbres, ni fruits, ni sources. Chaque fois que j'échappe à un malheur c'est pour retomber dans pire encore ! »

Je me ressaisis, me levai et descendis vers la vallée. Le fond en était tapissé de diamants, pierres précieuses entre toutes, dont on se sert pour percer les métaux, les joyaux, la porcelaine de Chine et l'onyx. C'est un minéral dur et sec que ne peut entamer ni le fer ni la pierre. Nul ne peut en détacher un morceau ou le briser sinon grâce au minerai de plomb.

Reptiles et vipères grouillaient dans cette vallée, si énormes qu'ils paraissaient être des troncs de palmiers et devaient être capables, à l'occasion, d'avaler un éléphant ! Ils ne sortaient que la nuit et se cachaient le jour par crainte des rukhkhs et de certains aigles capables de les saisir et de les mettre en pièces. Je ne comprenais rien à tout cela. J'étais désespéré par ce que j'avais fait. Je me disais : « Par Dieu, j'ai hâté moi-même ma perte. »

La nuit tombait. Je repris ma marche, cherchant de tous côtés un endroit où je pourrais dormir. Ma peur horrible de ces serpents me faisait oublier ma faim, ma soif et ma fatigue. Bientôt, j'aperçus près de moi l'entrée d'une caverne. Elle était très étroite. Je m'y glissai et, poussant un grand bloc de rocher, je réussis à obstruer l'entrée. J'étais soulagé à l'idée d'être là en sécurité, pour cette nuit au moins : dès le lever du jour, je ressortirais et je verrais bien ce que le sort devait me réserver… C'est alors qu'en me retournant, j'aperçus, au centre de la caverne, un serpent énorme qui dormait, lové sur ses œufs. Mon corps fut révulsé d'horreur. Je levai la tête vers Dieu, m'en remettant aux arrêts du destin et de la fatalité.

Je restai sans dormir toute la nuit jusqu'à ce que l'aube paraisse. Je dégageai alors le rocher avec lequel j'avais obstrué l'entrée et sortis en titubant tel un homme ivre, épuisé que j'étais par l'insomnie, la faim et l'épouvante. À peine avais-je fait quelques pas dans la vallée qu'une grosse bête fraîchement égorgée s'abattit à mes pieds. Comme il n'y avait personne alentour, j'en fus très étonné. Je me souvins alors d'une anecdote entendue jadis et rapportée par des commer-

34

çants, des voyageurs et des pèlerins selon laquelle, dans les Vallées aux diamants, on court des dangers terrifiants.

Nul ne peut y parvenir. Les marchands qui veulent en tirer profit sont obligés d'avoir recours à la ruse. Ils égorgent des moutons, les écorchent et les jettent du haut des escarpements dans la vallée. La chair encore pantelante des bêtes abattues se colle alors aux pierres précieuses. Appâtés par la viande fraîche, aigles et vautours s'abattent sur la chair offerte, la saisissent dans leurs serres et l'enlèvent vers le sommet de la montagne. Surgissent alors les marchands qui chassent les rapaces à grands cris et n'ont plus qu'à décoller les pierres précieuses et à les emporter chez eux, abandonnant la charogne aux oiseaux et aux bêtes sauvages. On assure qu'il n'y a pas d'autre moyen d'opérer.

Je considérai donc la bête égorgée à mes pieds et, me souvenant du stratagème utilisé, je détachai quantité de diamants dont j'emplis mes poches et ma ceinture ; j'en mis aussi sous ma chemise et partout dans mes vêtements. J'en terminais à peine quand un autre animal écorché s'écrasa non loin de moi. Je me glissai dessous à plat dos et l'attachai solidement sur ma poitrine à l'aide de mon turban. Je le maintins fermement sur moi des deux mains. La masse ainsi formée attira les regards d'un aigle qui fondit sur elle, planta ses serres dans les chairs de l'animal, nous enleva dans les airs.

L'aigle parvint jusqu'au sommet de la montagne où il se posa. Au moment où il s'apprêtait à dépecer sa proie, des cris stridents retentirent accompagnés de bruits de bâtons entrechoqués. Le rapace, effarouché, prit son envol. Je me détachai de la bête écorchée et me remis debout, les vêtements souillés de sang. L'homme qui avait, en hurlant, provoqué la fuite de l'aigle me vit et prit peur. Il se précipita sur son mouton égorgé, chercha en vain les diamants qu'il s'attendait à trouver et se mit à gémir et à se lamenter :

– Quel malheur ! Qu'ai-je fait pour mériter pareille déconvenue ?

Je m'approchai de lui.

– Qui es-tu, m'apostropha-t-il, que fais-tu ici ?

– N'aie pas peur, tu n'as rien à craindre de moi. Je suis une créature humaine et de la meilleure nature, non point un démon. Je suis un commerçant des plus honnêtes. Je viens de vivre une aventure incroyable, une histoire étrange. Ma présence dans cette vallée puis sur cette montagne relève de l'irréel. Ne crains rien, bien au contraire tu peux te réjouir de m'avoir rencontré. J'ai en ma possession une grande quantité de diamants dont je t'offrirai une partie qui te satisfera.

Le moindre d'entre eux vaut largement ce que tu espérais ramasser. Cesse donc de t'inquiéter.

Ses amis marchands qui, comme lui, avaient jeté une bête au fond de la vallée m'entendirent, s'approchèrent, me saluèrent, me félicitèrent d'être encore en vie et m'admirent en leur compagnie. Je leur racontai tout ce qui m'était advenu, ce que j'avais enduré au cours de mon voyage et les raisons qui m'avaient conduit au fond de cette vallée. Puis je remis à l'homme auquel appartenait la dépouille de la bête écorchée, selon ma promesse, une grande quantité de diamants. Il en fut très heureux, se confondit en vœux et en remerciements et me félicita, comme le firent ses compagnons, pour l'heureuse issue de mon aventure.

– Par Dieu, conclurent-ils, c'est comme si le Très Haut, en cette circonstance, t'avait fait naître une seconde fois. Personne avant toi n'est revenu vivant de cette vallée ni ne s'est échappé de ses dangers. Dieu soit loué pour ton salut.

Je passai la nuit avec eux dans un endroit agréable et sûr, soulagé à l'extrême d'avoir échappé sans dommage aux serpents de la vallée et ravi à la perspective d'un prochain retour en terre habitée. Le lendemain, au lever du jour, nous nous mîmes en route tout au long de cette immense montagne. Nous vîmes dans la vallée de monstrueux reptiles.

Après une longue marche, nous parvînmes à un magnifique jardin situé dans cette île vaste et belle, couverte de camphriers dont chacun pouvait abriter cent personnes sous son ombre. On procède, pour en extraire le suc, à des incisions sur la partie supérieure du tronc grâce à une lame montée sur un long manche. On recueille ainsi l'eau camphrée qui s'en écoule et se fige comme de la cire. Elle est le miel de cet arbre qui, privé de sa sève, se dessèche et meurt.

Il existe aussi sur cette île, entre autres animaux, le rhinocéros, herbivore comme nos vaches et nos buffles, qui dévore herbe et fourrage. Il est énorme, plus massif encore qu'un chameau. Son museau s'orne d'une corne épaisse, longue de dix coudées environ, sur laquelle on distingue une silhouette d'homme. Des marins, des voyageurs et les gens qui parcourent montagnes et contrées affirment que le rhinocéros est capable d'encorner un éléphant et de continuer à paître à travers l'île et sur ses rivages sans même s'en apercevoir. Mais l'éléphant meurt et sa graisse fond sous la chaleur du soleil. Elle se met à couler sur la tête du rhinocéros, atteint ses yeux et l'aveugle. Il finit par s'affaler sur le rivage. L'oiseau rukhkh fond alors sur lui, le saisit dans ses serres et l'emporte pour le donner en nourriture à ses petits, lui et l'éléphant resté encorné. J'ai vu encore dans cette île un grand nombre de buffles d'une espèce inconnue chez nous.

Il y avait donc, comme je vous l'ai dit, quantité de diamants dans cette vallée. J'en avais pris ce que je pouvais sur moi. J'en fis l'échange avec les marchands contre toutes sortes de marchandises qu'ils se chargèrent de transporter. Je poursuivis mon voyage avec eux et pus ainsi parcourir des pays et admirer l'œuvre du Créateur. Nous allâmes de vallée en vallée, de ville en ville tout en négociant. C'est ainsi que nous arrivâmes à Bassora. Nous y séjournâmes peu de jours après quoi je regagnai Bagdad.

Je retrouvai ma famille et mes proches. Je fis des cadeaux, couvris de largesses parents, compagnons et amis, me répandis en dons et aumônes. Je ne me refusai rien : repas fins, boissons de choix, vêtements de qualité. Je multipliai mes fréquentations, agrandis le cercle de mes relations. J'oubliai tout ce que j'avais enduré. L'esprit tranquille, le cœur en paix et heureux, je menai une existence des plus paisibles et me plongeai dans les divertissements et les plaisirs. Tous ceux qui avaient appris la nouvelle de mon retour venaient me demander comment s'était passé mon voyage et s'informer des pays que j'avais traversés. Je leur racontai tout cela, sans oublier les périls encourus. Ils s'émerveillaient et me félicitaient d'avoir échappé à ces terribles dangers. Ainsi se termina mon deuxième voyage. Demain, s'il plaît à Dieu, je vous raconterai le troisième.

Lorsque Sindbâd de la mer eut achevé son histoire au grand émerveillement de ses amis, il retint tout le monde à dîner. Il fit remettre cent autres *mithqâls* d'or à Sindbâd le portefaix qui les prit et regagna son logis. Il songeait aux stupéfiants dangers auxquels avait échappé son hôte sur lequel il appela les bénédictions divines. Aux premières lueurs de l'aube, il fit sa prière et, comme il y avait été invité, il fut le premier à se rendre au domicile de Sindbâd de la mer. Il entra, échangea avec lui les souhaits du matin, le remercia encore et prit place à ses côtés. Il était toujours reçu avec bienveillance et tous deux attendirent l'arrivée des autres amis. On déjeuna, on but, se délectant et se réjouissant avec bonheur, après quoi le maître de maison commença le récit de son troisième voyage.

LE TROISIÈME VOYAGE
Les singes et le monstre noir

Apprenez mes amis et sachez que ce voyage a été plus étrange encore que les deux précédents.

Lorsque je revins de mon deuxième périple, je vécus donc une existence pleine de joies et de distractions, tout au bonheur d'être revenu indemne, plus riche encore que par le passé grâce au Seigneur qui m'avait amplement dédommagé des pertes subies. Je coulai à Bagdad des jours agréables et plaisants sous le signe de la félicité et de la sérénité. Mais j'éprouvai bientôt le besoin de voyager, de voir du pays et de reprendre une activité lucrative. J'étais en effet – tant il est vrai que « *l'âme incite au mal* » (Coran XII/53) – poussé par un appétit insatiable du gain et l'espoir de réaliser des bénéfices substantiels.

Je me préparai en conséquence, achetai une grande quantité de marchandises pouvant subir les rigueurs de la mer, les emballai, puis me rendis à Bassora. Une fois parvenu au port, j'aperçus un grand vaisseau sur lequel avaient déjà pris place de nombreux passagers, voyageurs et marchands, tous gens de bien, agréables et courtois, vertueux, charitables et de bonne compagnie. Je m'embarquai donc et nous mîmes à la voile avec la bénédiction de Dieu, le Très Haut, confiants en Sa protection et Sa sauvegarde, nous réjouissant de faire un périple heureux en toute sécurité.

Nous voguâmes de mer en mer, d'île en île et de cité en cité. À chaque escale, nous visitions les lieux, achetions et vendions, pleins de bonheur et de félicité. Mais il arriva un jour, en pleine mer, qu'un vent violent se leva et que les vagues se déchaînèrent. Le capitaine, appuyé à la rambarde, scrutait l'horizon de tous côtés. Il se mit soudain à se frapper le visage. Il fit carguer les voiles et filer les ancres. Il se tirait la barbe, lacérait ses vêtements et poussait de hauts cris. Nous demandâmes :

– Qu'y a-t-il, capitaine ?

– Dieu nous garde, passagers ! Le vent souffle en tempête et nous emporte. Le destin nous pousse, pour notre malheur, sur une île où s'élève la Montagne des singes. Jamais personne, après y avoir touché, n'en est revenu vivant. Je pressens que nous allons tous y périr !

Il avait à peine fini de dire ces mots qu'une horde de singes entoura le vaisseau de toutes parts.

Ils pullulaient à bord autant que sur le rivage, aussi nombreux que sauterelles en vol. L'effroi nous saisit. Ces singes étaient les plus hideuses des bêtes sauvages, couverts de poils épais comme du feutre noir, effrayants à voir. Ils tenaient un langage incompréhensible. Ils avaient des yeux jaunes enfoncés dans une face noirâtre et leur taille ne dépassait pas quatre empans.

Ils grimpèrent sur les câbles d'ancre qu'ils rongèrent de leurs dents. Puis ils s'en prirent à tous les cordages. Le bateau s'inclina sous le vent et, drossé à la côte, s'échoua. Les singes se saisirent des commerçants et de tous les passagers et les firent descendre sur l'île. Puis ils s'emparèrent de tout ce que contenait le bâtiment et s'en furent, nous laissant sur le rivage. Ils revinrent ensuite sur le navire qu'ils réussirent à pousser au large et disparurent à nos yeux sans que nous sachions ce qu'ils en avaient fait.

Nous restâmes seuls, réduits à manger des fruits, des baies et des légumes, à nous désaltérer à l'eau des ruisseaux. Nous finîmes par apercevoir un édifice apparemment habité qui se dressait à l'intérieur des terres. Nous nous en approchâmes. C'était un château aux murailles imposantes. Nous entrâmes dans une très vaste cour centrale sur laquelle donnaient de nombreuses et hautes portes. Une dalle de pierre, large et surélevée, en occupait le centre.

On y avait disposé des ustensiles de cuisine et des broches très longues placées sur des braseros. Tout autour, de nombreux ossements de grande dimension jonchaient le sol.

Nous n'apercevions personne, ce qui nous jeta dans un grand étonnement. Nous nous assîmes dans la cour de ce château quelques instants puis nous nous allongeâmes pour dormir, et notre sommeil dura de la matinée jusqu'au coucher du soleil. C'est alors que le sol trembla sous nos pieds et que dans un grand fracas un être monstrueux, surgi au-dessus du palais, fondit sur nous. Il avait forme humaine, était noir de peau et si grand de taille qu'il ressemblait à un palmier géant. Ses yeux étincelaient ainsi que des tisons ardents et ses canines ressemblaient à des défenses de sanglier. Il avait une bouche béante comme l'orifice d'un puits, bordée d'une lippe semblable à celle du chameau, qui pendait jusqu'à mi-poitrine. Ses oreilles, aussi longues que des régimes de dattes ou des oreilles d'éléphant, lui couvraient les épaules. Ses ongles étaient de véritables griffes de lion ! Lorsque nous l'aperçûmes, nous perdîmes l'esprit, glacés d'épouvante, pétrifiés d'effroi.

Le monstre vint à nous. Parmi toute l'assistance, c'est moi qu'il choisit pour me saisir, me soulever de terre, se mettre à me palper et à me tourner dans tous les sens.

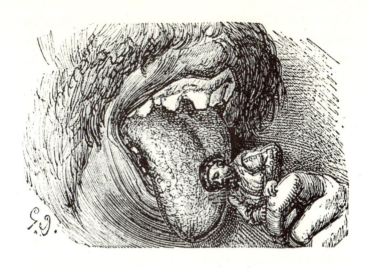

Je me sentais dans sa main aussi léger qu'une petite bouchée de nourriture que l'on porte aux lèvres. Il me trouva sans doute trop amaigri : exténué par les fatigues du voyage, je n'avais plus que la peau sur les os. Il me lâcha, me laissant rouler au sol, et s'en prit à un autre de mes compagnons. Il l'examina comme il m'avait examiné, le palpa comme il m'avait palpé puis le relâcha. Il ne cessa de nous éprouver ainsi les uns après les autres jusqu'au dernier d'entre nous qui était le capitaine de notre vaisseau.

C'était un homme gros et gras, corpulent, large d'épaules, fort et ferme à souhait. Il plut au monstre qui s'en saisit comme le fait un boucher de la bête qu'il s'apprête à égorger. L'ogre le jeta au sol face contre terre et l'y maintint d'un pied sur le cou, lui brisant ainsi la nuque. Il se munit alors d'une longue broche et la lui introduisit dans le gosier jusqu'à l'en faire sortir par le cul. Puis il alluma un grand feu de bois et y plaça cette broche sur laquelle il avait empalé le capitaine. Il se mit à tourner et à retourner le malheureux sur la braise et, quand il le jugea à point, il le retira du feu, le posa devant lui et le dépeça aussi facilement qu'il l'aurait fait d'un poulet. Avec ses ongles il en découpait des morceaux qu'il portait à sa bouche. Lorsqu'il ne resta plus rien, il jeta les débris sous les murs du château. Cela fait, il s'assit un moment puis s'affala sur le banc de pierre et s'endormit. Il poussait des ronflements semblables aux râles d'un agneau ou de tout autre animal égorgé. Au matin, il se réveilla, se leva et s'en fut.

Certains qu'il s'était éloigné, figés d'épouvante, nous nous parlâmes en pleurant et en nous lamentant :

— Que n'avons-nous péri noyés en mer ou mangés par les singes plutôt que d'être condamnés à finir embrochés et rôtis ! Par Dieu, y a-t-il mort plus ignominieuse ?

Puis nous nous mîmes en route à travers l'île pour y rechercher une cachette ou un quelconque moyen de fuir. Ne trouvant nulle part où nous réfugier, comme le soir tombait, nous revînmes au château en plein désarroi. À peine étions-nous assis depuis quelques instants que la terre se mit à trembler et qu'arriva le même monstre noir. Il s'approcha, nous palpa et nous tâta l'un après l'autre comme il l'avait fait la première fois, choisit l'un d'entre nous, s'en saisit et lui infligea le traitement subi par le capitaine. Puis il passa toute la nuit à dormir sur le banc de pierre en poussant des ronflements rauques de bête égorgée. Au lever du jour il se leva et s'en fut, nous laissant comme précédemment.

Nous tînmes conseil. Nous nous disions : « Par Dieu il est préférable de nous jeter à la mer et de nous y noyer plutôt que de nous faire rôtir. C'est une mort affreuse. »

C'est alors que l'un de nos compagnons s'écria :

– Écoutez-moi donc. Il faut le prendre par la ruse pour en venir à bout et nous délivrer de sa menace.

– Soit, mes frères, dis-je à mon tour. Commençons par ramasser des poutres et des bûches pour construire un radeau. Ensuite efforçons-nous de le mettre à mort, courons à notre esquif et prenons la mer pour aller où Dieu daignera nous conduire. Si nous n'arrivons pas à venir à bout de ce monstre, nous nous précipiterons dans les flots même si nous devons y périr. Au moins échapperons-nous à la broche et au feu.

47

Tous convinrent que mes paroles étaient sensées et ma proposition convenable. Nous étions d'accord et nous nous mîmes au travail. Nous transportâmes poutres et bûches en dehors du palais et allâmes construire un radeau sur le rivage où nous l'amarrâmes après l'avoir chargé de quelques provisions. Puis nous retournâmes au château. Le soir une fois tombé, la terre se mit de nouveau à trembler et le monstre noir arriva. Il était tel un chien enragé. Il nous examina, nous palpa les uns après les autres et fit son repas de l'un d'entre nous comme il l'avait fait auparavant. Puis il s'endormit sur le banc de pierre et se mit à ronfler dans un bruit de tonnerre.

Nous bondîmes alors et saisîmes solidement deux broches métalliques qui étaient plantées en terre. Nous les plaçâmes dans des flammes ardentes qui les rougirent comme de la braise puis nous avançâmes vers le monstre noir qui dormait en ronflant. Nous les enfonçâmes dans ses yeux en les maintenant de toutes nos forces décuplées par l'énergie du désespoir. Le géant poussa un hurlement terrifiant, se dressa de toute la force dont il était capable et descendit du banc de pierre en titubant, cherchant à nous attraper tandis que nous bondissions de droite et de gauche. Il ne pouvait nous voir car il était devenu aveugle. Mais nous étions au comble de l'effroi, persuadés que nous allions périr sur l'heure et que nous ne pourrions pas en réchapper.

Le monstre finit par se diriger à tâtons vers la porte du château et sortit en poussant des hurlements si violents que la terre en était secouée. Terrorisés, nous le suivîmes. Il disparut un moment à nos yeux mais revint accompagné d'une femelle encore plus grande, plus sauvage et plus hideuse que lui. À ce spectacle, l'horreur nous saisit : nous prîmes nos jambes à notre cou vers notre radeau, le désamarrâmes, le poussâmes vers le large et y sautâmes. Les deux monstres, pendant ce temps, lançaient sur nous d'énormes quartiers de roche. La plupart d'entre nous périrent et nous ne restâmes que trois rescapés à bord, dont moi-même.

Nous finîmes par accoster sur une île. Nous y marchâmes jusqu'à la fin du jour. La nuit tombée, nous prîmes un peu de repos. À notre réveil, nous nous trouvâmes face à un serpent de proportions énormes, démesurément long, à la tête monstrueuse. Il coupa notre route, se jeta sur l'un d'entre nous, l'engloutit jusqu'aux épaules puis l'avala. Nous entendîmes les côtes du malheureux se broyer. Puis le serpent disparut, nous laissant stupéfaits, atterrés par la mort de notre compagnon, effrayés par ce qui nous attendait.

« Par Dieu, pensions-nous, mon dernier ami et moi, étrange destinée que la nôtre ! Nous subissons à chaque fois une mort encore plus horrible que la précédente. Nous avions été si heureux d'échapper au monstre noir, mais notre joie a été brève. Il n'y a décidément de force et de puissance qu'en Dieu ! À peine délivrés du monstre et sauvés de la noyade que nous sommes menacés d'un atroce péril. »

Nous reprîmes notre chemin. Nous mangions des fruits et buvions aux ruisseaux. Le soir venu, nous avisâmes un arbre d'une hauteur prodigieuse sur lequel nous grimpâmes pour passer la nuit. Pour ma part, je choisis la plus haute des branches. La nuit tomba, l'obscurité était totale. C'est alors que nous entendîmes de nouveau le reptile. Il alla de droite et de gauche avant de venir droit sur notre arbre. Il se dressa à hauteur de mon dernier compagnon, l'avala jusqu'aux épaules, l'enserra dans ses anneaux contre le tronc. J'entendis ses os se briser. Le reptile l'engloutit entièrement sous mes yeux puis redescendit de l'arbre et s'en fut.

Je passai le restant de la nuit blotti sur les plus hautes branches. À l'aube, lorsque se répandit la lumière, je redescendis de mon perchoir, songeant à courir me noyer dans la mer pour en finir avec ce bas monde. Mais je n'en eus pas le courage car l'âme est trop attachée à la vie. Je commençai par chercher du bois, me plaçai debout sur une planche large à laquelle je liai mes pieds. À cette planche, j'en fixai deux autres, l'une à gauche, l'autre à droite pour me protéger les flancs ; une quatrième, plus large que les deux précédentes, me couvrit par-devant et enfin j'en fixai au-dessus de ma tête une cinquième et dernière, parallèlement à celle qui se trouvait sous mes pieds.

Je m'étendis sur le sol dans cette espèce de cage en bois qui me protégeait et dont j'avais solidement lié les éléments. Bien abrité comme dans une chambre close, je m'endormis. À la tombée de la nuit, le serpent revint comme il le faisait d'habitude. Il examina les lieux, s'approcha, mais ne put m'atteindre, protégé que j'étais par les planches. Il tourna autour de moi, s'éloignant et revenant mais en vain, tandis que je le suivais des yeux à travers les interstices de mon abri. J'étais comme mort, paralysé de peur et d'épouvante. Il ne faisait qu'aller et venir, cherchant à me dévorer, ne trouvant pas comment m'arracher à mes planches. Cela dura du coucher du soleil jusqu'à l'apparition de l'aube. Enfin la lumière se fit et le soleil se remit à briller, le serpent s'éloigna écumant et sifflant de dépit et de rage.

À ce moment-là, je tendis les mains et me dégageai de mon refuge en bois. J'étais comme mort tant le reptile m'en avait fait voir. Je repris ma marche jusqu'à l'extrémité de l'île. Je parcourus la mer du regard et vis un bâtiment qui croisait au large. Je me saisis d'une longue branche feuillue arrachée à un arbre et l'agitai dans sa direction tout en poussant des cris. On me vit et l'équipage se dit : « Il faut y aller voir, c'est peut-être un homme ? » Le vaisseau s'approcha. On entendit mieux mes cris et l'on expédia vers moi une barque qui m'amena à bord.

Là, on m'interrogea. Je racontai tout ce qui m'était arrivé du début jusqu'à la fin et narrai par le détail les terribles épreuves que j'avais endurées. Mon récit plongea l'équipage dans le plus grand étonnement. Ils me donnèrent des vêtements dont je voilai ma nudité. Ils m'offrirent aussi quelques provisions et je pus manger à ma faim et étancher ma soif à de l'eau pure et fraîche. Je revins à la vie, le cœur et l'esprit désormais tranquilles, et me reposai à loisir. Dieu, exalté soit-Il, m'avait ressuscité alors que je m'étais cru mort. Je Le louai avec ferveur pour les bienfaits abondants dont Il m'avait gratifié et Le remerciai. Je repris goût à la vie après avoir été certain de la perdre. Il me semblait que je vivais un rêve.

Nous ne cessâmes de naviguer. Le vent nous fut favorable et nous atteignîmes, avec la permission de Dieu le Très Haut, l'île d'as-Salâhita où le capitaine décida de faire relâche.

Passagers et marchands descendirent à terre, les uns pour vaquer à leurs occupations, les autres pour se livrer au négoce.

Le capitaine me prit à part et me dit :

– Écoute-moi bien, tu es loin de chez toi, démuni, et tu nous as appris que tu as enduré bien des épreuves. J'ai à cœur de te venir en aide pour que tu rentres dans ton pays et que tu ne cesses d'invoquer pour moi les bénédictions divines.

– J'en serai heureux et mes prières pour toi sont acquises.

– Sache qu'il y avait à bord de mon navire, voici quelques années, un voyageur que nous avons perdu en cours de route. Nous n'avons jamais su s'il était vivant ou mort et n'avons jamais plus eu de ses nouvelles. Je vais te confier ses marchandises que nous avons gardées dans nos cales et que tu vendras sur cette île. Prends-en soin, tu auras droit à une commission pour te payer de ton travail et de ta fatigue. S'il en reste d'invendues, nous les rapporterons à Bagdad, chercherons la famille de ce voyageur, les leur remettrons ainsi que le prix de ce qui en aura été vendu. Acceptes-tu de les prendre en charge, de les débarquer sur l'île et d'en faire le négoce ?

– Je suis à tes ordres, capitaine. Je te suis reconnaissant et te remercie pour ton obligeante bonté. Mes vœux t'accompagnent.

Sur ce, le capitaine ordonna aux matelots de sortir de cale les marchandises en question, et aux débardeurs de les décharger et de me les remettre. Le responsable du chargement demanda alors :

– Capitaine, ces marchandises, je dois les ins-
crire au nom de quel marchand sur mes registres ?

– À celui de Sindbâd de la mer, le négociant
qui avait embarqué avec nous ; il a disparu en mer
et nous n'avons plus jamais eu de ses nouvelles.

Lorsque j'entendis les paroles du capitaine, je
me dis : « Par Dieu, mais Sindbâd de la mer, c'est
moi ! Je suis ce disparu en mer dont ils parlent ; je
me suis endormi sur cette île près d'une source au
cours de mon deuxième voyage. »

Je restai impassible et attendis que les marchands descendent du bateau. J'allai alors trouver
le capitaine et lui dis :

– Capitaine, pourrais-tu me décrire le propriétaire des marchandises que tu m'as confiées pour
les vendre ?

– À vrai dire, je ne m'en souviens pas tellement, sinon qu'il était de Bagdad et qu'on l'appe-
lait Sindbâd de la mer. Nous avons fait escale sur
une île. De nombreux passagers sont descendus
puis remontés sauf lui dont, jusqu'à ce jour, nous
n'avons plus jamais entendu parler.

Je poussai un grand cri :

– Que Dieu te garde, capitaine ! Je suis bel et
bien ce Sindbâd-là de la mer. Je lui narrai alors
tout ce qui m'était advenu par la suite.

Lorsque les marchands et les passagers du navire
entendirent ces mots, ils s'assemblèrent autour de

moi. Certains inclinaient à me croire, d'autres non. Mais l'un d'entre les marchands, à la mention de la Vallée aux diamants, s'avança, me regarda attentivement et dit à ses compagnons :

– Écoutez-moi, rappelez-vous qu'un jour je vous ai rapporté ce que j'avais vécu de plus étrange durant mes voyages. Nous précipitions des bêtes égorgées dans la Vallée aux diamants. Je le fis pour mon compte, comme d'habitude. Un aigle avait enlevé et déposé près de moi un mouton que j'avais jeté au fond de la vallée : un homme y était accroché. Vous ne m'aviez pas cru alors et m'aviez traité de menteur. Vous en souvenez-vous ?

– Oui, cela est exact, nous ne t'avions pas cru.

– Eh bien, le voici en personne. C'est lui qui s'est accroché à la dépouille de mon mouton. Pour me dédommager, il m'a donné en pierres de la plus belle eau – comme on n'en voit nulle part de semblables – davantage que je n'en espérais recueillir moi-même. Nous avons fait le voyage de retour ensemble jusqu'à Bassora avant de nous séparer et de rejoindre nos destinations respectives. Il nous a tout appris de lui : son nom, son abandon sur l'île après le départ du bateau. C'est bien lui qui est là, comme pour prouver la véracité de ce que je vous racontais. Ces marchandises lui appartiennent. Il nous les avait détaillées. Tout prouve qu'il ne ment pas.

Le capitaine, à ces mots du marchand, vint sur-le-champ à moi, me dévisagea attentivement et me dit :

– De quel signe avais-tu marqué tes ballots ?

Je lui décrivis le signe inscrit sur mes biens et lui rappelai notre discussion pour régler les modalités de mon embarquement à Bassora. Enfin convaincu de ce que j'étais Sindbâd de la mer, il me donna l'accolade, se réjouit de me voir sain et sauf, se félicita de mon salut et me dit :

– Par Dieu, Sindbâd, c'est là une aventure étrange, elle relève du prodige. Loué soit le Seigneur qui nous a de nouveau réunis, qui t'a fait retrouver tes marchandises et tes biens.

Et il me rendit ce qui m'appartenait.

Fort de mon expérience, je fis de fructueuses affaires. Mes marchandises avaient pris énormément de valeur après le récit de mon aventure. J'en fus très heureux et me félicitai de m'en être sorti sain et sauf et d'avoir refait fortune.

J'embarquai sur ce nouveau navire. Nous poursuivîmes le voyage d'île en île, nous arrêtant à chaque fois pour commercer, et parvînmes ainsi au pays de Sind où nous fîmes également de larges profits.

J'eus l'occasion de voir dans l'une des mers de ce pays une quantité innombrable de choses étonnantes et insolites comme, par exemple, un animal marin à forme de vache et un autre semblable à un âne ; un oiseau aussi qui naît d'une conque et pond à la surface de l'eau sans jamais se poser à terre.

Nous continuâmes notre voyage avec la permission de Dieu, exalté soit-Il. Nous eûmes bon vent et arrivâmes sans encombre à Bassora où je séjournai peu de jours avant de rejoindre Bagdad et de retrouver mon quartier et ma maison. Je saluai parents, amis et compagnons, tout à la joie d'être rendu sain et sauf à mon pays, à ma ville et aux miens.

Je me répandis en dons et aumônes, vêtis la veuve et l'orphelin. Mon temps passa, grâce aux richesses inestimables que j'avais amassées, à festoyer, bien manger et bien boire, à goûter aux plaisirs et aux distractions dans le cercle de mes relations habituelles. Je me consolai ainsi des terrifiants dangers encourus. C'est ainsi que se termina mon troisième voyage. Demain, si Dieu le Très Haut le veut, tu reviendras chez moi, ô Sindbâd le terrien, et je te conterai le quatrième, plus extraordinaire encore que celui-là.

Comme il en avait pris l'habitude, Sindbâd de la mer fit remettre cent mithqâls en or au portefaix, ordonna qu'on dresse la table et fit servir le dîner à l'assemblée émerveillée par ce qu'elle avait entendu. À l'issue du repas, tout le monde s'en fut et chacun rentra chez soi. Sindbâd le portefaix s'en revint chez lui, pourvu de l'or que lui avait offert son hôte, encore sous le coup du récit de ce troisième voyage.

Aux premières lueurs de l'aube, il se leva, fit sa prière du matin et revint chez Sindbâd de la mer qu'il salua. Celui-ci le reçut avec beaucoup de plaisir et d'affabilité. Il le fit s'asseoir pour attendre ensemble le reste de leur compagnie. On servit à boire et à manger dans une atmosphère de grande gaieté. Puis le maître de maison reprit la parole et raconta son quatrième voyage.

LE QUATRIÈME VOYAGE
Dans la caverne des mourants

Sachez, mes frères, que, de retour à Bagdad, je retrouvai ma famille, mes intimes et mes camarades. Je vécus au comble de la tranquillité, de la joie et du repos. Ma vie était des plus délicieuses.

Mais ma vilaine âme m'incita à voyager de nouveau et à découvrir les pays. Je désirai connaître d'autres hommes et m'enrichir en commerçant. Je pris mes dispositions, achetai des marchandises de choix propres à être transportées par mer et les mis en ballots plus nombreux que ceux des fois précédentes. Je quittai Bagdad pour Bassora où je fis charger mes paquets sur un navire. J'embarquai en même temps que des négociants parmi les plus grands de la ville.

Nous prîmes la mer et naviguâmes sans encombre, grâce à la bénédiction de Dieu le Très Haut, malgré des flots houleux dont les vagues s'entrechoquaient. Le voyage commença agréablement et dura des nuits et des jours, d'île en île et de mer en mer. Jusqu'au moment où un fort vent debout vint nous contrarier. Le capitaine fit jeter les ancres, immobilisant le bateau en pleine mer pour éviter un naufrage dans le désordre des éléments. Nous étions là à prier Dieu le Très Haut, nous faisant humbles devant Sa volonté. Mais le vent redoubla de violence. La tempête déchira les voiles, les lacéra. Le navire sombra corps et biens. Je fus moi-même emporté dans les eaux.

Je nageai une demi-journée durant et ne donnais pas cher de ma vie quand Dieu le Tout-Puissant me prit en miséricorde et m'envoya le salut sous la forme d'une pièce de bois arrachée de la coque et qui flottait. Je m'y agrippai moi et quelques autres marchands.

La houle et le vent nous poussaient. Nous dérivâmes un jour et une nuit. Le surlendemain, dans la matinée, le vent forcit et la mer se déchaîna en puissantes vagues. Nous fûmes jetés sur le rivage d'une île. Nous étions sur le point de mourir, épuisés par le manque de sommeil, la fatigue, le froid, la faim, la soif et la peur. Nous marchâmes et marchâmes quelque temps sur la côte. Les plantes étaient nombreuses et nous pûmes manger un peu et ainsi conserver la vie. Nous passâmes la nuit sur le rivage.

Le matin, lorsque l'aurore apparut et dissipa les ténèbres de ses premières lueurs, nous nous mîmes à parcourir l'île de droite et de gauche. Nous aperçûmes une construction au loin et avançâmes jusqu'à sa porte. Alors surgit une troupe d'hommes noirs qui ne portaient aucun vêtement. Sans dire un seul mot, ils se saisirent de nous et nous conduisirent auprès de leur roi. Celui-ci nous ordonna de nous asseoir et on nous servit des mets inconnus.

Pour ma part, ils m'inspirèrent de la répulsion et je n'y touchai point, contrairement à ce que firent mes compagnons. Et bien m'en prit, car ce fut, grâce à la bonté divine, ce qui me garda en vie jusqu'à aujourd'hui. En effet, à peine mes compagnons eurent-ils goûté à cette nourriture, qu'ils en perdirent la raison et que leur comportement changea du tout au tout. Ils se mirent à dévorer comme des fous. On leur apporta du lait de noix de coco qu'on leur fit boire avant de leur en enduire le corps. Soudain, leurs yeux devinrent hagards. Ils se remirent à dévorer de plus belle comme on ne les avait jamais vus faire. J'étais moi-même terrifié, craignant pour mes jours face à ces créatures nues. Je les observai attentivement et appris qu'elles étaient gouvernées par un ogre. Dès qu'elles apercevaient un étranger sur leur terre, elles s'en saisissaient et le conduisaient chez leur monarque. Là, elles lui faisaient manger de cette nourriture et boire du lait de noix de coco dont elles le frictionnaient ensuite jusqu'à ce qu'il devienne gros et gras. Alors elles l'égorgeaient, le faisaient rôtir et le servaient à la table de leur roi qui était le seul à s'en nourrir. Sa compagnie, en effet, ne touchait à la chair humaine que crue, ni rôtie ni cuite.

À ce spectacle, je fus envahi par un chagrin extrême à l'idée de ce qui nous attendait, moi et mes compagnons. Ceux-ci ne savaient même plus ce que l'on faisait d'eux, ayant perdu la raison, réduits à l'état de bêtes. On les confiait dans la journée à un gardien qui les menait chaque jour sur l'île comme du bétail. Quant à moi, sous l'effet de la terreur et de la faim, j'étais faible, malade, la peau desséchée sur les os. Lorsque nos bourreaux me virent dans cet état, ils ne s'occupèrent plus de moi et m'oublièrent. Je m'arrangeai un jour pour sortir et m'enfoncer à l'intérieur de l'île. Je marchai ainsi jusqu'à l'aube. Le jour se fit et le soleil se leva sur les hauteurs et sur les vallées. J'étais épuisé et mourais de soif. Je me mis à manger de l'herbe et des plantes qui poussaient sur l'île jusqu'à ce que ma faim et ma soif fussent apaisées. Je repris alors ma marche.

J'aperçus tout au loin comme une silhouette humaine. J'avançai dans sa direction et je l'examinai à distance, tant ce que je venais de vivre m'avait empli de crainte. Je reconnus alors l'homme auquel on avait remis mes compagnons pour les surveiller. Il comprit que je n'avais pas perdu la raison et que je n'avais pas été atteint par la folie de mes compagnons. Il me fit signe de loin et me cria :

— Retourne sur tes pas et prends le chemin que tu trouveras sur ta droite, il te mènera à la grand-route vers le palais du roi.

Je fis mine d'obéir, trouvai le chemin mais le suivis en sens contraire, tantôt courant tenaillé par la peur et tantôt marchant pour reprendre mon souffle. Le soleil se coucha et l'obscurité se fit. Je m'assis alors pour prendre quelque repos. J'essayai de dormir un peu mais n'y parvins pas. J'avais trop peur, trop faim, j'étais trop fatigué. Au milieu de la nuit je me levai donc et marchai sans arrêt jusqu'aux premières lueurs de l'aube. Le soleil se leva et darda ses rayons sur les monts et les vallées. Exténué, affamé, torturé par la soif, je mâchai de l'herbe et des plantes pour apaiser ma faim et me désaltérer. Après quoi je repris ma marche à travers l'île durant sept jours et sept nuits, à ne manger que de l'herbe.

Le huitième jour au matin, j'arrivai sur le rivage opposé de l'île. Mon regard saisit, tout au loin, comme des silhouettes. J'avançai avec circonspection. Il s'agissait d'un groupe d'hommes, blancs ceux-là, occupés à cueillir des grains de poivre. Ils m'entourèrent et me lancèrent :

— Qui es-tu, d'où viens-tu ?

— Bonnes gens, je suis un pauvre étranger parvenu ici au prix d'effarantes épreuves.

Et je leur racontai tout ce qui m'était arrivé, leur narrant les dangers et les malheurs que j'avais endurés.

Mon récit les plongea dans un grand étonnement. Ils me prièrent de prendre place parmi eux et m'offrirent un repas auquel je fis honneur car j'avais grand-faim. Je me reposai en leur compagnie un certain temps puis les suivis jusqu'à leur embarcation qui nous conduisit à une île voisine où ils demeuraient.

Une fois arrivés, ils me présentèrent à leur souverain que je saluai. Il me souhaita la bienvenue, me reçut avec générosité et prit de mes nouvelles. Je lui dis qui j'étais et lui relatai les péripéties de mon voyage depuis mon départ de Bagdad. Mon histoire l'étonna au plus haut point, lui et son entourage. Il me retint à sa table et ordonna que l'on serve le repas. Je mangeai à ma suffisance puis me lavai les mains. Je rendis grâce au Seigneur, exalté soit-Il, Le louai et Le remerciai pour les faveurs qu'il m'avait prodiguées. Je pris ensuite congé pour aller visiter la ville.

Elle comptait une forte population, regorgeait de richesses. Ses souks débordaient d'activité et on y trouvait toutes sortes de denrées et de marchandises. Vendeurs et acheteurs s'y pressaient. J'étais heureux d'être dans cette cité où je me sentais à l'aise. Je ne tardai pas à me familiariser avec ses habitants qui me prirent en sympathie. Le roi en personne m'honorait de son amitié et me marquait plus de considération qu'à ses sujets les plus importants et les mieux en Cour. Je remarquai qu'ici les hommes, de haute ou de petite condition, montaient à cru de beaux chevaux de pur sang. Je fis part de mon étonnement au monarque et lui dis :

– Pourquoi, Monseigneur, n'utilisez-vous pas de selle ? Elle assure au cavalier meilleur équilibre, plus grande maîtrise et le laisse plus à l'aise.

– Qu'est-ce donc qu'une selle ? me demanda-t-il, nous n'avons jamais vu pareille chose et en ignorons l'usage.

– M'autoriserais-tu à en confectionner une ? Tu pourras l'utiliser toi-même et l'apprécier comme il se doit.

– Je suis d'accord.

Je me fis apporter, sur son ordre, le nécessaire indispensable à mon projet. Un menuisier habile fut appelé. Je lui appris à façonner un arçon. Je pris de la laine, la cardai et en fis un feutre dont je matelassai l'arçon. Je demandai une pièce de cuir que je lissai et assouplis pour recouvrir la selle. Je taillai la housse, les rênes et les sangles.

Ensuite, un forgeron vint marteler, sous ma direction, une paire de grands étriers auxquels je

mis la dernière main en les polissant et en les éta-
mant. J'enjolivai enfin la chabraque[1] de franges
de soie. Mon ouvrage achevé, je harnachai l'un
des meilleurs chevaux des écuries royales, lui passai têtière et mors et le présentai sellé au monarque. Le harnachement lui plut et lui convint. Il
me remercia et se mit à cheval. Il se trouva fort
aise de cette façon de monter et me récompensa
royalement.

Le grand vizir, à son tour, eut envie d'une selle.
Je la lui confectionnai. Et voilà que les grands
dignitaires du royaume ainsi que les titulaires de
hautes fonctions l'imitèrent. Aidé par le menuisier et le forgeron formés par mes soins, je me mis
à fabriquer des selles et des étriers que je vendais
aussi bien aux grands du royaume qu'à leurs gens.
Tout cela me rapporta belle fortune et renom certain. On m'aimait beaucoup, je jouissais d'amitié
et de respect, entouré d'égards par le roi, sa Cour,
les hauts personnages de la ville et les seigneurs
du royaume.

Un jour que je tenais compagnie au souverain,
au comble de la joie et de la considération, il me
dit :

– Sache que tu nous es précieux et que nous te

---

1. Chabraque : peau d'animal qui recouvre la selle du cheval.

tenons en grande estime. Tu es désormais l'un des nôtres. Nous ne saurions nous séparer de toi et accepter que tu quittes notre cité. Je nourris un projet que tu ne saurais refuser. Tu me dois obéissance.

– Et que souhaites-tu, Monseigneur ? Comment pourrais-je te contrarier toi à qui je dois tant et qui n'as cessé de me combler de faveurs et de me manifester bienveillance et bonté ?

– J'ai l'intention de te marier à une femme de chez nous, vertueuse, parée de tous les attraits, raffinée. Elle est de surcroît belle et riche. Tu serais dès lors l'un de nos sujets de plein droit et logerais dans mon palais. Ne refuse pas et exauce ce vœu qui m'est cher.

Lorsque j'entendis ces paroles, je m'abstins de répondre et gardai le silence, tellement le respect et la déférence m'interdisaient de dire un seul mot.

– Qu'as-tu à te taire, mon fils ?

– Monseigneur, ô roi de ce temps, c'est toi qui décides de toute chose.

Il manda sur l'heure le cadi[1] et les témoins et me fit contracter mariage avec une dame de haut rang, noble d'origine et d'excellent lignage, très

---

1. Cadi : juge musulman.

riche, honorée de toutes les faveurs, d'une beauté rare, généreuse. Elle possédait des demeures, des propriétés et de nombreuses terres.

Le roi mit à ma disposition dans son palais une vaste et belle suite. Elle était indépendante et j'y eus à mon service esclaves et servantes. Il m'accorda un salaire et fit servir des gages à mes domestiques. Je goûtai un repos profond, me livrant tout entier à la joie et au bonheur. J'oubliai les fatigues, les tourments et les épreuves passés. Je me disais que si, d'aventure, je revenais dans mon pays, j'emmènerais ma femme avec moi. Le destin de chaque homme s'accomplit inéluctablement et nul ne peut prévoir ce que lui réserve l'avenir. J'aimais mon épouse, elle me vouait un amour profond et nous vivions en parfaite harmonie dans les délices et les plus agréables plaisirs.

Nous vécûmes ainsi un certain temps. Mais Dieu voulut qu'un de mes voisins et ami perdît son épouse. J'allai lui présenter mes condoléances et le trouvai dans le plus triste des états, abattu à l'extrême. Je m'évertuai à le consoler et à le distraire de sa douleur :

– N'aie pas tant de chagrin pour la mort de ton épouse. Veuille Dieu le Très Haut remplacer la disparue par meilleure encore et te prêter longue vie.

Il fondit en larmes et s'écria :

– Ô ami, en épouser une autre ? Mais comment Dieu pourrait-Il m'accorder meilleure épouse qu'elle alors qu'il ne me reste qu'un jour à vivre ?

– Mon frère, reprends tes esprits ! Pourquoi ce funeste pressentiment alors que tu te portes à merveille ?

– Dieu te garde, compagnon ! J'aurai disparu dès demain et plus jamais tu ne me reverras.

– Comment cela ?

– C'est en effet demain qu'elle sera ensevelie et moi avec elle. Selon la coutume de notre pays, si une épouse ou un époux vient à décéder, son conjoint est enterré vivant avec le défunt. Ainsi ne peut-il lui survivre et jouir seul de l'existence.

– Quelle tradition atroce que celle-là et que nul ne saurait supporter ! m'exclamai-je horrifié.

Nous étions ainsi à converser lorsque presque tous les habitants de la ville survinrent. Ils exprimèrent à mon ami la part qu'ils prenaient à sa douleur d'avoir perdu son épouse et de devoir la suivre. Ils procédèrent à la dernière toilette de la morte conformément à leurs usages. Sa dépouille fut ensuite placée sur une civière. Le cortège, dans lequel avait pris place le veuf, sortit de la ville et se rendit vers un lieu situé à mi-pente d'une montagne qui surplombait la mer. Là, on souleva une grande dalle qui couvrait la margelle d'un puits profond creusé dans cette montagne. On y jeta le cadavre de l'épouse. Puis les gens de la ville se saisirent du pauvre veuf, lui passèrent une corde autour de la taille, le placèrent dans un panier et le descendirent à son tour, muni pour seules provisions d'un grand cruchon d'eau douce et de sept galettes. Une fois au fond, il se détacha ; les assistants remontèrent corde et panier, remirent la dalle en place et s'en retournèrent, abandonnant mon ami près de son épouse dans le puits.

Je me disais : « Mais il meurt d'une mort plus atroce que celle de son épouse ! » J'étais bouleversé et me précipitai chez le roi.

– Monseigneur, comment pouvez-vous dans votre pays inhumer un être vivant avec un cadavre ?

– Sache que c'est notre tradition. Si un homme meurt, son épouse doit l'accompagner ; si elle le précède, il doit la suivre. Ainsi ne les séparons-nous pas dans la vie comme dans la mort. C'est la coutume de nos ancêtres.

– Roi de ce temps, en feriez-vous autant pour un étranger comme moi, si sa compagne venait à disparaître ?

– Oui, nous l'enterrerions avec elle, agissant comme tu as pu le voir.

À cette réponse, je sentis ma vésicule éclater et le fiel me monter aux lèvres tant j'étais saisi par l'horreur et l'angoisse. J'avais comme perdu la raison, épouvanté à l'idée que ma femme pouvait mourir avant moi et que je serais inhumé vivant avec elle. Puis je me consolai comme je pus en me disant : « Peut-être mourrai-je avant elle ? Allez donc savoir lequel des deux partira le premier. »

J'essayai donc de me distraire en me lançant dans diverses occupations. Mais il se passa très peu de temps avant que ma femme ne tombât malade. Elle rendit l'âme quelques jours après. La plupart des gens de la ville s'assemblèrent et vinrent me présenter leurs condoléances à moi et à sa famille. Le roi lui-même, comme il est d'usage dans leur pays, me manifesta sa sympathie. Une laveuse de morts fit l'ultime toilette de la défunte, la revêtit de ses plus beaux atours, la para de bijoux, de colliers et de joyaux. Puis elle fut placée sur une civière et portée à la montagne. On souleva la dalle de pierre qui couvrait le puits et on y jeta la morte. Alors tous mes amis et les parents de mon épouse me firent leurs derniers adieux.

Je m'exclamai au milieu d'eux :

– Je suis un étranger. Je ne peux me plier à votre coutume !

Mais ils ne m'écoutaient pas et n'avaient aucun souci de ce que je disais. Ils m'empoignèrent, m'attachèrent de force. M'ayant muni, selon leur habitude, de sept galettes et d'une cruche d'eau douce, ils me descendirent au fond du puits qui donnait sur une vaste caverne creusée sous la montagne. Ils me crièrent :

– Détache-toi de la corde.

Comme je refusais de le faire, ils abandonnèrent la corde en la jetant sur moi, replacèrent la grande dalle qui couvrait le puits et s'en furent.

Autour de moi, dans cette caverne, se trouvaient de nombreux cadavres qui dégageaient une odeur fétide tout à fait insupportable. Incapable désormais de distinguer la nuit du jour, je ne mangeais que très peu et seulement lorsque la faim me déchirait les entrailles. Je ne buvais que lorsque la soif me dévorait. Qu'allais-je faire quand il ne me resterait ni pain ni eau ? Je ne cessais de murmurer :

– *Il n'y a de force et de puissance qu'en Dieu le Très Haut, le Sublime.* Que m'a-t-il pris d'aller me marier dans cette ville ? Chaque fois que j'échappe à une calamité, c'est pour m'exposer à pire. Par Dieu, je vais mourir d'une mort horrible. Que ne me suis-je noyé en mer ou n'ai-je péri dans les montagnes ! Cela eût mieux valu pour moi que de finir ainsi misérablement.

Sans fin je m'adressai des reproches. Je m'endormis sur un tas d'ossements après avoir invoqué le secours de Dieu le Très Haut. En vain j'appelai la mort de mes vœux. Je me réveillai dévoré par la faim, brûlé par la soif. Je m'assis, pris à tâtons une galette dont je croquai quelques bouchées, bus une gorgée d'eau. Puis je me levai et me mis à longer les parois de ma prison. Elle me parut de vaste dimension et déserte. Le sol était jonché de nombreux cadavres ; certains ossements très anciens étaient tombés en poussière. Je me ménageai au fond de la caverne un emplacement éloigné des morts les plus récents pour pouvoir y dormir. Il ne me restait que très peu de nourriture. Je ne mangeai et ne bus qu'une fois par jour, parfois moins, pour faire durer le peu dont je disposais avant de perdre la vie.

Je me disais : « Que ferai-je lorsque j'aurai épuisé mes galettes et mon eau ? » C'est alors que j'entendis le bruit que faisait la dalle lorsqu'on la tirait de la margelle du puits qui donnait accès à la caverne. Un rayon de lumière apparut. Des hommes, assemblés en grand nombre, faisaient glisser dans la caverne une civière portant le cadavre d'un homme. Son épouse, encore en vie, pleurant et gémissant, fut descendue à sa suite, suspendue à une corde, munie de galettes et d'eau.

Lorsque la dalle fut remise en place et que le cortège se fut éloigné, je l'observai à son insu. Elle ne pouvait me voir dans le noir. Je me saisis du tibia d'un cadavre d'homme, m'approchai de la

femme et lui assenai sur le sommet du crâne un coup qui l'assomma. Elle tomba au sol évanouie. Je la frappai une deuxième puis une troisième fois, elle en mourut. Je vis qu'elle portait vêtements de prix, bijoux d'or et d'argent, colliers de perles, joyaux, pendentifs. Je m'emparai de tout cela. Je pris les galettes et l'eau dont on l'avait munie puis revins à l'emplacement que je m'étais ménagé au fond de la caverne pour y dormir. Je mangeai et bus parcimonieusement afin de ne pas épuiser trop vite mes provisions, évitant ainsi de mourir de faim et de soif. C'est ainsi que je pus survivre dans la caverne un certain temps, tuant au fur et à mesure toute personne jetée vivante avec le cadavre de son conjoint pour me saisir de la nourriture et de l'eau dont on l'avait munie.

Un jour que je dormais, je fus réveillé par un bruit qui me semblait fait par un objet roulant sur la paroi de la caverne. « Qu'est-ce donc ? » me dis-je. Je bondis et avançai, serrant dans ma main le tibia qui me servait d'arme. Je vis alors un animal sauvage qui s'enfuit, effarouché par mon approche. Je le poursuivis au son jusqu'au fond de la caverne. J'y aperçus alors une lueur jaillie d'une petite ouverture creusée dans la paroi ; parfois elle scintillait au loin comme une étoile et parfois disparaissait. Plus j'avançais, plus cette lueur grandissait. Je constatai en fin de compte qu'elle filtrait par une fissure de la paroi qui donnait à l'extérieur.

« Cette ouverture, pensai-je, doit être utile à quelque chose. » Je me rendis compte alors qu'il s'agissait d'une sorte de galerie creusée à flanc de montagne par des charognards. Ils pénétraient par elle sous la paroi et dévoraient les cadavres avant de remonter à la surface. À ce moment-là, l'âme apaisée, l'esprit tranquille et le cœur en fête, j'entrevis le salut après en avoir désespéré.

Je m'engageai dans la galerie et fis beaucoup d'efforts pour en atteindre la sortie. Je constatai alors que j'étais sur le flanc d'une très haute chaîne montagneuse qui dominait d'un côté la haute mer et, de l'autre, la ville construite sur l'île. Ragaillardi et joyeux, je retournai par la galerie à la nécropole où je dévorai toutes les galettes que j'avais mises de côté et bus toute l'eau qui me restait.

Je pris sur les cadavres des vêtements et revêtis certains d'entre eux pour me changer. Je trouvai aussi sur eux une grande quantité de colliers, de pierres précieuses, de pendentifs, de perles, de bijoux d'argent et d'or sertis de joyaux, et toutes sortes de parures que j'enveloppai dans les habits enlevés aux morts. Je remontai tout cela par la galerie jusqu'à flanc de montagne au-dessus de la mer. Je retournai dans la caverne tous les jours.

Chaque fois qu'on y descendait un cadavre et son conjoint, je tuais le survivant, homme ou femme, et prenais pour moi galettes et eau avant de remonter à l'air libre. Le reste du temps, assis au-dessus de la mer, je surveillais le large dans l'espoir que Dieu, magnifié soit-Il, m'enverrait du secours sous la forme d'un navire croisant à proximité. En attendant, je me constituais un véritable trésor avec les bijoux dont je dépouillais les cadavres. Je les enveloppais dans leurs propres vêtements et les remontais avec moi.

Un jour d'entre les jours, j'étais assis au-dessus de la mer, plongé dans mes pensées, lorsque j'aperçus un vaisseau naviguant dans les vagues houleuses. Je choisis une étoffe blanche prise parmi les vêtements des morts et l'attachai à un bâton que je me mis à agiter comme un signal tout en courant. Je hurlai à pleins poumons. Je finis par attirer l'attention de l'équipage qui me vit à flanc de montagne. Des marins mirent à l'eau une barque. Lorsqu'ils furent à proximité, ils me dirent :

— Qui es-tu ? Que fais-tu ici ? Comment es-tu arrivé sur cette montagne ? Nous n'y avons jamais vu personne avant toi.

— Je suis un marchand. Le bateau sur lequel je voyageais a fait naufrage. J'ai réussi à m'agripper à une poutre de la coque sur laquelle j'ai placé mes affaires. Dieu a bien voulu me faciliter les choses. En faisant preuve de courage et d'habileté, et malgré mon épuisement, j'ai réussi, après bien des efforts, à parvenir jusqu'en ce lieu en y transportant mes ballots.

Les matelots me firent alors descendre dans la barque. Ils y chargèrent tout ce que j'avais pris dans la caverne et que j'avais réparti en ballots enveloppés dans les vêtements et les suaires des défunts. Enfin ils me conduisirent à bord auprès du capitaine.

– Comment, s'enquit-il, es-tu parvenu ici ? C'est une montagne très élevée au-delà de laquelle se trouve une grande cité. Je croise souvent dans les parages et je n'ai jamais rien vu d'autre en ces lieux que des bêtes sauvages et des oiseaux.

Je ne soufflai mot de mon séjour dans la cité puis dans la caverne, de crainte que ne se trouvât à bord un habitant des lieux qui m'eût reconnu. J'offris au capitaine une grande part de mes richesses pour le remercier d'avoir été l'instrument de mon salut et lui exprimer ma reconnaissance. Il refusa en m'expliquant :

– Nous autres, gens de mer, n'acceptons jamais rien de personne. Lorsqu'il nous arrive de recueillir un naufragé sur une côte ou sur une île, nous lui donnons à manger et à boire. Si nous le trouvons nu, nous l'habillons. Lorsque nous arrivons sains et saufs dans quelque port, nous lui offrons quelque argent comme un bienfait, lui marquant notre solidarité en vue de plaire à Dieu le Très Haut.

Je lui souhaitai longue vie et ne cessai de naviguer sur son bateau, d'île en île et de mer en mer, en espérant que le voyage se poursuivrait paisiblement. J'étais si heureux d'en avoir réchappé ! Chaque fois que je me souvenais de ma descente dans la caverne aux côtés de mon épouse, j'en perdais presque la raison. Grâce à la Toute-Puissance divine nous atteignîmes enfin sans encombre Bassora.

J'y débarquai et y restai peu de jours avant de regagner Bagdad. Je retournai dans mon quartier et retrouvai parents et amis. Je pris de leurs nouvelles. Ils étaient ravis de me revoir sain et sauf et m'en félicitèrent. Je mis à l'abri tous mes biens dans mes armoires, me répandis en aumônes et dons, vêtis les orphelins et les veuves. Je me remis comme jadis à fréquenter la société, à me faire de la compagnie, à me créer des amitiés. Je vécus dans les divertissements et le plaisir. Voilà ce qui m'arriva de plus étrange au cours de ce quatrième voyage.

Sindbâd de la mer, une fois son récit terminé, se tourna vers son hôte Sindbâd le portefaix et lui dit :

– Mon frère, dîne chez moi comme d'habitude. Reviens demain et je te raconterai ce qui m'est advenu lors de mon cinquième voyage. Il est plus extraordinaire et étrange encore que les précédents.

Il ordonna ensuite qu'on remette cent mithqâls d'or à son ami. À l'issue du repas, chacun s'en fut, la tête pleine des aventures – aussi étranges les unes que les autres – que leur hôte avait contées. Le portefaix passa la nuit chez lui, heureux et détendu. Le matin, aux lueurs naissantes de l'aube, il se leva, fit sa première prière puis alla chez Sindbâd de la mer qu'il salua. Celui-ci lui souhaita la bienvenue et le pria de prendre place jusqu'à ce qu'arrive le restant de leur compagnie. On mangea, but et plaisanta. Les conversations allaient bon train. Enfin Sindbâd de la mer prit la parole.

LE CINQUIÈME VOYAGE
Le vieillard satanique et l'île aux singes

Sachez, chers amis, qu'à mon retour du quatrième voyage, je passai tout mon temps à me divertir, à prendre du plaisir et à faire la fête. J'oubliai tout ce que j'avais affronté, tout ce qui m'était advenu et tout ce que j'avais enduré, au comble de la joie d'avoir réuni tant de richesses, fait de si nombreux gains et profits. Mais le démon du voyage me reprit. J'avais envie de parcourir d'autres contrées, de passer d'île en île. Je m'occupai de mon projet, acquis des marchandises de prix pouvant supporter le transport en mer. Je les emballai soigneusement et me rendis de Bagdad à Bassora où je descendis sur le port.

J'y avisai un grand et beau navire de haut bord. Il me plut et je l'achetai. Il était équipé de neuf. Je recrutai un capitaine, enrôlai un équipage et y installai, pour le surveiller, mes esclaves et mes jeunes serviteurs. J'y fis embarquer mes marchandises. D'autres négociants nous rejoignirent,

chargèrent leurs biens en payant leur écot et nous levâmes l'ancre. Nous étions tout joyeux, nous promettant d'arriver sains et saufs et de faire bien du profit.

Nous voguâmes d'île en île et de mer en mer ; partout nous accostions pour visiter les lieux, y vendre et acheter. Cela dura jusqu'à ce que, un jour parmi les jours, nous jetions l'ancre devant une grande île qui semblait déserte. Elle n'était que ruines et pauvreté, hormis une très haute et très vaste coupole blanche que certains marchands décidèrent d'aller voir de plus près. C'était en réalité un œuf de rukhkh, mais ces gens-là l'ignoraient. Après l'avoir examiné à loisir, ils lancèrent sur lui des pierres qui brisèrent sa coquille. Celle-ci laissa s'écouler un liquide abondant d'où émergea un jeune rukhkh. Ils s'en saisirent, le tirèrent hors de l'œuf, l'égorgèrent et le débitèrent en gros morceaux.

J'étais resté à bord sans me douter de rien. Lorsque je constatai que les marchands avaient brisé la coquille, je leur hurlai :

— Malheureux, qu'avez-vous fait là ? Un rukhkh va arriver, briser notre navire et causer notre perte à tous !

Soudain le soleil fut masqué et le jour se fit nuit. Au-dessus de nous comme un nuage voilait le ciel. Nous levâmes la tête et nous comprîmes que les ailes d'un rukhkh nous plongeaient dans les ténèbres. Lorsqu'il était arrivé sur l'île, il avait constaté que son œuf avait été brisé. Il poussa des cris qui alertèrent sa compagne et tous deux se mirent à tournoyer au-dessus de nous en lançant des clameurs plus étourdissantes que des coups de tonnerre. Je criai au capitaine et à l'équipage :

– Sauve qui peut ! Poussez le navire à la mer, et priez pour notre salut, il y va de nos vies.

Le capitaine s'élança, les marchands regagnèrent le bord, nous désancrâmes et gagnâmes le large. Les deux oiseaux géants s'en aperçurent et disparurent un moment. Nous naviguions de toutes nos voiles pour nous mettre hors de leur portée loin de cette île. Mais ils réapparurent bientôt et nous poursuivirent, tenant chacun dans ses serres un énorme rocher pris dans la montagne. Le premier, le mâle, lâcha le sien. Le capitaine, à la barre, vira de bord évitant de justesse le projectile. Celui-ci toucha la mer sous la quille avec une force telle que le bateau se souleva avant de se remettre à flot. Le choc avait été si violent que nous avions pu entrevoir le fond de la mer.

Alors la femelle du rukhkh lâcha à son tour son rocher. Il était moins volumineux que le premier mais le sort voulut qu'il s'écrase sur la poupe. Elle se brisa, le gouvernail éclata en vingt morceaux et nous fûmes envoyés par le fond. Dieu le Très

Haut pourvut à mon salut sous la forme d'une poutre du bateau. Je m'y agrippai, me hissai en partie sur elle et me mis à battre des pieds. Le vent et les vagues m'aidaient à avancer.

Notre navire avait sombré en pleine mer à proximité d'une île. Le sort me jeta sur son rivage avec la permission du Seigneur Tout-Puissant, Maître des destinées. J'étais à moitié mort de fatigue, de peine, de faim et de soif. Je m'affalai sur le sable, le temps de me reposer et de reprendre mes esprits. Je me mis ensuite à marcher dans l'île. Elle ressemblait à un jardin du paradis. Les arbres, de toutes espèces, étaient chargés de fruits mûrs ; les rivières déversaient leurs eaux ; les oiseaux dédiaient leurs gazouillis à l'Éternel Tout-Puissant ; partout resplendissaient des fleurs aux mille coloris. Je mangeai des fruits pour apaiser ma faim et me désaltérai à l'eau des ruisseaux tout en me confondant en louanges et remerciements à l'endroit de Dieu, exalté soit-Il.

Le soir tomba, la nuit se fit. J'étais mourant de fatigue et de peur. Je n'entendais aucune voix et ne voyais âme qui vive à proximité. Je dormis jusqu'au matin, me levai aussitôt et repris ma marche entre les arbres. J'arrivai au bord d'un ruisseau où s'écoulait l'eau d'une source. Sur la berge se tenait un beau vieillard, drapé de feuilles d'arbres qui lui servaient de vêtement. Je me dis que c'était peut-être un rescapé du naufrage. Je m'approchai et le saluai. Il se contenta de répondre par un signe de tête.

– Que fais-tu là, vieillard, assis en ces lieux ? lui demandai-je.

Il hocha la tête d'un air triste et, de gestes de la main, me fit comprendre qu'il désirait que je le prenne sur mes épaules pour le porter sur l'autre rive.

« C'est une œuvre pieuse, pensai-je, que de rendre service à ce vieil homme et de le transporter là où il le demande. Peut-être serai-je récompensé de cela ? »

Je le chargeai sur mes épaules et, arrivé de l'autre côté du ruisseau, l'invitai à descendre. Il n'en fit rien. Au contraire, il resserra ses jambes autour de mon cou. Je les examinai et constatai que leur peau était aussi noire et rugueuse que le cuir d'un buffle. Épouvanté, j'essayai de le jeter à bas. Mais il resserra sa prise avec une vigueur telle qu'il faillit m'étrangler. Les yeux couverts d'un voile noir, je perdis conscience et m'effondrai au sol, évanoui et comme mort. Il dégagea les jambes et me donna sur le dos et les épaules de violents coups de pied qui me réveillèrent. J'avais si mal que je me relevai. D'un geste de la main, il m'ordonna d'aller vers les arbres qui portaient les fruits les plus savoureux. Si je faisais mine de ne pas lui obéir, il me talonnait les côtes, jusqu'à ce qu'il m'en cuise autant que s'il me donnait du fouet. Je ne cessai ainsi de le porter là où il le voulait. Si je tardais ou ralentissais l'allure, il m'en punissait immédiatement. J'étais devenu son captif.

Il ne me laissait de répit ni le jour ni la nuit. Quand l'envie l'en prenait, il urinait et déféquait sur mes épaules. Lorsqu'il voulait dormir, il serrait ses jambes autour de mon cou et prenait un bref repos. Une fois réveillé, il me frappait et me contraignait à reprendre ma course. Incapable de lui résister tellement je souffrais, je ne pouvais que me plier à ses exigences. Je me faisais d'amers reproches pour avoir eu pitié et lui avoir proposé de le porter. Je me disais : « J'ai voulu faire le bien et n'en récolte que du malheur. Par Dieu, jamais plus je ne rendrai de service à personne de toute mon existence. »

Un beau jour je débouchai dans une clairière où abondaient des courges calebasses dont plusieurs étaient déjà sèches. Parmi ces dernières, j'en choisis une de fort volume et l'évidai. Je cherchai ensuite des pieds de vigne, j'en cueillis les raisins, les pressai dans la calebasse que j'emplis. Je replaçai sa calotte et la laissai exposée au soleil. Après quelques jours, le jus fermenta et j'obtins ainsi du vin pur. J'en bus chaque jour pour surmonter la fatigue que m'imposait le satanique vieillard. Le vin me fouettait et soutenait mes forces défaillantes.

Un certain jour, le vieillard me regarda boire et me demanda, toujours par signes, ce que c'était.

– Une boisson des plus agréables qui donne du cœur et réjouit l'âme.

Pour lui prouver ce que je venais de dire, je me mis à courir et à danser sous les arbres. J'étais comme ivre, battais des mains, chantais et me dilatais de joie. Lorsqu'il me vit dans cet état, il me fit signe de lui donner la calebasse pour qu'il en boive à son tour. Je la lui tendis. Il la vida d'un trait avant de la jeter par terre. Quand le vin fit son effet, il commença à se trémousser sur mes épaules puis il sombra dans l'ivresse. Ses muscles se relâchèrent et, les membres devenus mous, il se mit à osciller en tous sens. Je compris qu'enivré il avait perdu ses esprits. De mes mains je saisis ses jambes, desserrai leur étau, m'inclinai vers le sol, m'assis et le fis glisser à terre.

Je n'arrivais pas à croire que je m'étais délivré. Mais j'avais peur qu'il se réveille de son ivresse et me tourmente à nouveau. Je me saisis d'une très grosse pierre que je trouvai sous les arbres, m'approchai et lui fracassai le crâne alors qu'il dormait. Sa tête était en bouillie, sang et chair mêlés ; il était mort, que Dieu lui refuse Sa miséricorde !

Je repris ma marche dans l'île, l'esprit désormais

tranquille, et revins au rivage où j'avais abordé. Je vécus là longtemps à manger des fruits et à boire l'eau des rivières. Je guettais le passage d'un navire et surveillais l'horizon. Un jour parmi les jours je m'assis pour réfléchir à ce qui m'était arrivé et à ma situation. C'est alors que je vis surgir un bateau qui avançait sur une mer soulevée par un vent furieux, au milieu des vagues qui s'entrechoquaient. Il finit par jeter l'ancre sur l'île. Les passagers en descendirent. J'allai vers eux. Quand ils m'aperçurent, ils accoururent, m'entourèrent et me demandèrent qui j'étais, ce que je faisais sur cette île et comment j'y étais parvenu. Je leur narrai toute mon histoire.

— Extraordinaire aventure que la tienne ! s'écrièrent-ils. Cet homme qui était sur tes épaules et auquel tu as échappé n'est autre que le Vieillard de la mer. Nul autre que toi n'a survécu de ceux qu'il a réussi à enfourcher. Loué soit le Seigneur qui t'a gardé en vie !

Ils me donnèrent de la nourriture et je mangeai à ma faim. Ils me tendirent ensuite des vêtements pour voiler ma nudité. J'embarquai avec eux. Après des jours et des nuits, le destin voulut que nous mouillions à l'abri d'une ville aux constructions élevées dont toutes les maisons ouvraient sur la mer. Elle était connue sous le nom de « Ville aux singes ».

À la tombée de la nuit, les habitants la quit-
taient par les portes qui donnaient sur la mer,
montaient sur leurs barques et leurs bateaux pour
y dormir. C'est qu'ils craignaient les singes qui,
chaque nuit, descendaient des montagnes et
envahissaient la cité. Je décidai d'aller visiter
celle-ci mais, pendant que je m'y promenais, le
navire appareilla sans que je le sache. Je maudis
ma curiosité et me rappelai que j'avais déjà eu,
par deux fois, maille à partir avec des singes. Je
pleurais au souvenir des compagnons dévorés par
les mangeurs d'hommes lors de mon quatrième
voyage, quand un habitant de la ville m'aborda et
me dit :

– Tu m'as l'air d'être étranger à ce pays ?

– Étranger c'est bien cela, et je suis fort en
peine. Le bateau sur lequel je voyageais a jeté
l'ancre ici, j'en suis descendu pour visiter la ville.
À mon retour, il avait repris la mer.

– Viens avec nous dans notre barque. Si tu
passes la nuit dans cette ville, les singes te tueront.

Je me levai sur-le-champ et les suivis. Ils poussè-
rent la barque à la mer jusqu'à une distance de un
mille. Nous y passâmes la nuit pour ne revenir à
terre qu'au matin. Chacun s'en fut alors de son
côté à ses occupations. Ainsi faisaient-ils chaque
nuit ; quiconque restait dans la cité après la tombée
du jour était massacré par les singes. Ceux-ci ne

s'éloignaient qu'au lever du jour. Ils se retiraient alors dans les montagnes, s'y nourrissaient de fruits des vergers avant d'y dormir jusqu'au soir ; à la nuit, ils s'en revenaient.

Cette ville se situe au fin fond du Pays des Noirs. Il m'arriva là une chose des plus étonnantes. Un homme de ceux avec lesquels j'avais dormi au large me demanda un jour :

— Tu es étranger en ce pays, as-tu un métier qui te permettrait d'y gagner ta vie ?

— Par Dieu non, mon frère, je ne sais rien faire de mes dix doigts. J'étais un commerçant riche et prospère. Je possédais même un navire que j'avais acquis de mes propres deniers et chargé d'une riche cargaison en or et marchandises. Mais il fut brisé et fit naufrage par la volonté de Dieu ; toute ma fortune fut engloutie. Je ne me tirai de là que grâce à une poutre que Dieu avait fait flotter à ma portée. Je m'y agrippai, trouvant ainsi mon salut.

L'homme se leva alors et revint avec un sac en coton qu'il me tendit en me disant :

— Prends ce sac et emplis-le de galets du rivage. Tu vas partir avec des gens de la ville que je vais te faire connaître et auxquels je te recommanderai. Fais exactement comme ils feront. Peut-être pourras-tu ainsi amasser de quoi reprendre ta route et revenir dans ton pays.

Il me conduisit avec lui, hors des murs, à un

endroit tapissé de petits galets dont je bourrai le sac comme il me l'avait conseillé. Vinrent alors à passer, venant de la ville, des hommes qui, comme moi, étaient munis de sacs pleins de ces cailloux polis. Il me présenta à eux et leur demanda de prendre soin de moi.

Ils acceptèrent volontiers, me souhaitèrent la bienvenue et m'emmenèrent avec eux. Chacun était muni d'un sac semblable au mien, rempli de galets. Nous marchâmes jusqu'à une large vallée plantée de nombreux arbres si hauts que personne n'y pouvait grimper. C'est là que vivaient les singes en grand nombre. À notre arrivée, ils prirent peur et s'élancèrent dans les arbres. Mes compagnons se mirent à leur lancer les galets qui emplissaient leur sac. Les singes ripostèrent en leur jetant des noix de coco arrachées aux branches. Je choisis à mon tour un très grand arbre sur lequel étaient juchés de nombreux singes. Nous nous mîmes moi à leur lancer des galets, eux à riposter avec des noix que je m'empressai aussitôt de ramasser comme je voyais faire mes compagnons. Je finissais à peine de vider mon sac de galets que j'avais déjà une grande quantité de noix. Lorsque nous en eûmes terminé mes compagnons et moi, chacun se chargea autant qu'il le put et nous revînmes en ville en fin de journée.

J'allai à mon protecteur et lui offris toute ma

récolte en le remerciant de sa sollicitude, mais il refusa :

– Garde ces noix, me dit-il, et va les vendre pour tes besoins. Voici la clef d'une des pièces de ma maison. Entreposes-y ce qui t'en restera. Chaque jour tu accompagneras ce groupe comme tu l'as fait aujourd'hui. Peut-être gagneras-tu assez pour pouvoir reprendre ta route.

– Puisse Dieu, exalté soit-Il, te récompenser à la mesure de ta bonté.

Je suivis ses conseils et, chaque jour, emplissais mon sac de galets, partais avec mes compagnons et faisais comme eux. J'amassai un très grand nombre de noix de qualité, j'en vendis beaucoup et en tirai de gros bénéfices. J'achetais tout ce que je voyais et qui me plaisait. Ma vie était heureuse, mon rang élevé aux yeux de tous les habitants.

Le temps passa. Je me tenais un jour debout sur le rivage, lorsque apparut un navire qui bientôt jeta l'ancre. Il avait été affrété par des négociants et transportait des marchandises. Ses passagers en descendirent et s'en furent commercer dans la ville. Ils recherchaient des noix de coco et d'autres articles pour les troquer contre les leurs. Je me rendis chez mon ami, l'informai de l'arrivée du bateau et lui fis part de mon désir de m'y embarquer afin de retourner chez moi. Il me laissa libre de ma décision. Je lui fis mes adieux, le remerciai pour sa bonté envers moi puis me rendis au navire. Je me mis en rapport avec le capitaine et convins avec lui du prix de ma place. Je fis embarquer tout ce que je possédais de noix et autres biens. Le jour même nous prîmes la mer.

Nous naviguâmes de mer en mer et d'île en île. À chaque escale, je vendais mes noix ou les troquais contre d'autres produits. Dieu me combla ainsi d'une fortune plus grande encore que celle que j'avais perdue. Il nous fut donné de passer par une île où abondaient canneliers et poivriers. Certains passagers nous dirent avoir vu sur chaque hampe florale des poivriers une large feuille qui les protège de la pluie. Dès qu'il cesse de pleuvoir, elle se replie le long de la tige et laisse les grains au soleil. Je fis ample provision de poivre et de cannelle en échange de mes noix de coco.

De là, nous gagnâmes l'île d'al-Asrât, riche en bois d'aloès *qumâri*, puis, après cinq jours de mer, une autre île où l'on trouvait de l'aloès de Chine, plus précieux que le précédent. Les habitants de cette dernière sont plus mauvais et moins croyants que ceux de l'île précédente. Ils s'adonnent à la débauche et à la boisson, ne savent rien de l'appel du muezzin[1], encore moins de la prière elle-même.

---

1. Muezzin : fonctionnaire musulman qui appelle les fidèles à la prière depuis le minaret d'une mosquée.

Nous arrivâmes ensuite dans la Mer des perles. Je donnai aux plongeurs des noix de coco et leur demandai de travailler pour mon compte et à mon profit. Ils plongèrent et remontèrent quantité de grosses perles fort précieuses. Ils me dirent :

– Par Dieu, Monseigneur, quelle chance tu as !

Je remontai à bord chargé de perles. Nous reprîmes la mer avec la bénédiction de Dieu, exalté soit-Il, et naviguâmes sans cesse jusqu'à Bassora où je séjournai très peu de temps avant de regagner Bagdad. Je retrouvai mon quartier, regagnai ma maison. Je saluai mes parents et mes amis qui me fêtèrent et me félicitèrent d'être revenu sain et sauf. Mes marchandises entreposées et mes trésors remisés, je couvris de mes largesses les veuves et les orphelins, prodiguai mes bienfaits aux êtres chers et dépensai sans compter en dons et aumônes. Quatre fois plus riche que je n'étais parti, fort de mon opulence, je repris ma vie d'antan et oubliai en joyeuse compagnie les misères endurées.

Voilà ce qui m'arriva de plus extraordinaire au cours de mon cinquième voyage, conclut Sindbâd. Dînez ici et revenez demain, je vous raconterai le sixième qui fut encore plus étonnant.

On tendit la nappe et servit le dîner. Après le repas, Sindbâd de la mer ordonna qu'on remette cent autres mithqâls d'or à Sindbâd le portefaix qui les prit et s'en retourna chez lui, émerveillé de ce qu'il venait d'entendre. Le lendemain, il se leva, fit la prière du matin et revint chez son hôte auquel il souhaita le bonjour. Sindbâd de la mer le pria de prendre place et ils ne cessèrent de bavarder jusqu'à ce qu'arrivent les autres amis. On parla, la table fut servie ; ils burent et mangèrent avec beaucoup de plaisir et de joie. À ce moment le maître de maison entreprit de conter son sixième voyage.

LE SIXIÈME VOYAGE
La rivière aux trésors

Sachez, frères, amis et compagnons, qu'au retour de mon cinquième voyage j'oubliai les épreuves subies, me lançai dans les divertissements et les distractions, les réjouissances et les plaisirs. J'étais au comble de la joie et de la félicité. Je vécus ainsi dans un bonheur, un contentement et une gaieté sans limites.

J'étais, un jour parmi les jours, assis devant chez moi lorsque passèrent des négociants marqués par les fatigues du voyage. Ils me rappelèrent mes retours à Bagdad, l'émotion éprouvée à retrouver famille, compagnons et amis, l'allégresse d'être revenu dans mon pays. À leur vue, je me surpris à rêver encore à de nouveaux voyages qui me permettraient de commercer. Je décidai de repartir.

Je fis l'acquisition de marchandises de choix, propres à supporter de longues traversées. Je les empaquetai et me rendis de Bagdad à Bassora. Là, je remarquai un navire de fort tonnage sur lequel avaient pris place des marchands et des notables nantis de biens de valeur. Je décidai de me joindre à eux et fis charger mes ballots.

Nous quittâmes Bassora et naviguâmes paisiblement de lieu en lieu et de ville en ville. Nous vendions, achetions et nous promenions dans ces régions inconnues de nous. Tout nous était favorable, le voyage se déroulait au mieux et nous profitions agréablement de l'existence. Nous étions en mer, un certain jour, lorsque le capitaine du navire se mit à crier puis à hurler. Il jeta son turban, se frappa le visage, s'arracha les poils de la barbe et se laissa choir sur le pont, consterné et accablé par le chagrin.

Tous les négociants et les passagers l'entourèrent :

— Mais que se passe-t-il donc ?

— Nous avons perdu le cap, avons quitté la mer sur laquelle nous naviguions pour entrer dans une autre qui m'est inconnue et je ne sais vers où me diriger. Si Dieu ne nous procure pas le moyen d'en sortir, nous allons tous périr.

Mais le vent forcit et fit se dresser le navire sur sa poupe. Le gouvernail se brisa et nous fûmes poussés vers une haute montagne qui se dressait non loin.

Tous les passagers pleuraient sur leur sort. Ils se firent leurs derniers adieux, ayant perdu tout espoir, persuadés qu'ils étaient arrivés au terme de leur existence et à leur fin prochaine. Notre bâtiment fut drossé à la montagne sur laquelle il se brisa. Son armature éclata et tous les passagers furent précipités à la mer. Certains d'entre les marchands se noyèrent, d'autres s'agrippèrent aux rochers et réussirent à se hisser sur la montagne. J'étais parmi eux.

Cette montagne dominait une grande île sur le rivage de laquelle gisaient de nombreuses carcasses de vaisseaux fracassés. Le sable était jonché de cargaisons, éparpillées là par les flots après que les bateaux qui les transportaient eurent fait naufrage et que leurs passagers se furent noyés. Il y avait là un nombre incroyable et inimaginable de marchandises et de richesses que les tempêtes jetaient sur l'île.

Je trouvai, au centre de l'île, une source dont l'eau douce jaillissait, élargissait son courant et disparaissait sous la montagne. Tous nos rescapés semblaient avoir perdu la raison, devenus comme fous au spectacle des biens et des richesses qui jonchaient le rivage. Je découvris que le lit de la rivière était tapissé de toutes sortes de gemmes, de brillantes paillettes de métal précieux, de hyacinthes, de grosses perles royales de la plus belle eau. Toutes ces pierreries étaient parsemées comme du gravier sur le fond du ruisseau et scintillaient de mille feux.

Nous vîmes aussi sur cette île de riches essences d'aloès odoriférant : agalloche de Chine et calambac *qumârî*. Une autre source, naissant très haut dans la montagne, charriait de l'ambre pur. Il fondait sur ses bords comme de la cire liquéfiée sous l'ardeur du soleil et se répandait jusqu'au rivage. Les animaux marins venaient l'avaler avant de replonger au fond de la mer. Ils le gardaient au chaud dans leurs intérieurs puis le rejetaient à la surface de l'eau où il se solidifiait et changeait de couleur et de consistance. Les vagues le déposaient alors sur le littoral où il était ramassé par les promeneurs et les marchands qui en connaissaient la valeur et en faisaient commerce.

Un ambre pur d'une autre sorte, resté lui au bord de la source et qui n'avait pas été avalé par les animaux, s'écoulait avec les eaux puis allait se déposer sur le fond où il se solidifiait. Lorsque la chaleur se faisait vive, il se liquéfiait et dégageait une odeur semblable à celle du musc ; mais si le soleil venait à ne pas briller, il restait dur. Contrairement à celui du rivage, l'ambre pur était inaccessible car nul ne pouvait atteindre le lieu où il s'épandait : les montagnes environnantes étaient impossibles à escalader.

Nous ne cessâmes de parcourir cette île, émerveillés par les richesses exceptionnelles dont le Seigneur, exalté soit-Il, l'avait pourvue, mais fort inquiets pour notre avenir et saisis d'une grande crainte à regarder ce qui nous environnait. Nous avions réuni quelques maigres provisions sur le rivage. Nous en prenions soin et ne mangions qu'une fois par jour, voire tous les deux jours, hantés par l'angoisse de manquer de vivres et de mourir de faim.

Chaque fois que l'un des nôtres rendait l'âme, nous procédions à sa toilette funéraire et l'enveloppions dans un linceul emprunté aux étoffes éparses sur le rivage. Beaucoup périrent et nous ne restâmes que quelques-uns, affaiblis par la dysenterie due à l'humidité marine. Après peu de temps moururent mes camarades et compagnons, les uns après les autres. Ils furent ensevelis et je restai seul. Je n'avais plus que très peu de toute la nourriture réunie. Je désespérais de mon sort, pleurais et me disais : « Pourquoi ne suis-je pas mort avant mes camarades ? Ils m'auraient lavé et enterré. »

Je décidai au bout de quelques jours de creuser profond ma propre tombe sur les bords de l'île. Ainsi, pensais-je, quand je sentirai mes forces décliner et ma fin venir, je m'allongerai dans cette fosse et y mourrai. Je laisserai le vent de sable recouvrir ma dépouille et m'enterrer ainsi. Je ne cessai de me reprocher mon peu de raison. Pourquoi avais-je quitté mon pays et ma ville pour entreprendre un nouveau voyage au loin après tout ce que j'avais enduré au cours du premier, du deuxième, du troisième, du quatrième et du cinquième ? Je n'avais pourtant aucun besoin, ma fortune était telle que je n'aurais pu l'épuiser ou même arriver à en dépenser la moitié tout le restant de ma vie.

Je me mis à réfléchir en moi-même et me dis : « Par Dieu, il faut bien que cette rivière aboutisse quelque part. Où va-t-elle après avoir traversé l'île ? La raison commande, me semble-t-il, de me construire un petit radeau où je puisse juste m'asseoir. Je le mettrai à l'eau et me laisserai glisser au fil du courant. Si j'arrive à m'en tirer, je trouverai mon salut avec la permission de Dieu, exalté soit-Il. Si je n'y arrive pas, je périrai sur ce cours d'eau. C'est mieux que de mourir ici. »

Je me levai et me mis à l'ouvrage. Je rassemblai des morceaux de bois d'aloès, de Chine et qumârî, que j'attachai ensemble avec des cordages pris aux épaves échouées sur le rivage. J'adaptai, sur l'armature ainsi obtenue, des planches de même dimension provenant de navires démantelés et les assemblai solidement. Je fis mon radeau à peine moins large que ne l'était le cours d'eau. Je n'oubliai pas d'y entasser ce que je pus de paillettes de métal précieux, de gemmes, de ces grosses perles qui jonchaient le lit de la rivière comme du gravier. Je pris de tout ce qui se trouvait sur cette île, notamment du bon ambre pur. Je disposai convenablement ce que j'avais pu ramasser et ce qui me restait de provisions. Je mis le radeau à l'eau après l'avoir muni sur les côtés de deux espèces de rames puis me confiai au courant.

Je me laissai emporter jusqu'à l'endroit où le cours d'eau s'engouffrait sous la montagne. Le radeau pénétra sous la roche et je fus plongé dans des ténèbres profondes. Le courant le poussa jusqu'à un passage si étroit qu'il se frottait contre les parois. Je fus contraint de m'étendre à plat ventre car les parois se resserraient autour de moi. J'avançais sans savoir s'il faisait nuit ou jour tant l'obscurité était épaisse sous cette montagne. J'étais saisi par l'épouvante et la terreur à l'idée que j'allais périr. Je continuai mon chemin. Tantôt le torrent s'élargissait et tantôt il se rétrécissait à nouveau. L'obscurité totale qui régnait en ces lieux m'épuisait de fatigue au point que je sombrai dans un profond sommeil, étendu le visage sur les planches du radeau qui ne cessa d'avancer tandis que je dormais sans avoir conscience de rien.

Je me réveillai enfin. J'ouvris les yeux, il faisait jour et je vis que j'étais à l'air libre, au bord d'un large plan d'eau. Mon embarcation avait été tirée au sol, un groupe d'hommes au teint noir, peut-être des Indous, m'entourait. Lorsqu'ils virent que je m'étais réveillé, ils vinrent à moi et se mirent à me parler dans une langue que je ne compris pas.

J'avais l'impression que je dormais toujours et que je rêvais, tellement j'étais oppressé et fatigué. Un homme sortit alors du groupe, s'approcha et me dit en arabe :

– Que le salut soit sur toi, frère. Qui es-tu, d'où viens-tu, qu'est-ce qui t'a conduit en ces lieux ? Ces champs et ces jardins nous appartiennent et nous sommes venus les arroser. Nous t'avons trouvé ici, endormi sur ton radeau. Nous l'avons saisi, tiré et amarré jusqu'à ce que tu te réveilles tranquillement. Dis-nous pour quelle raison tu te trouves ici.

– Je t'en conjure par Dieu, ami, apporte-moi d'abord à manger, je suis affamé, je répondrai ensuite aux questions qu'il te plaira de poser.

Il s'empressa de me servir un peu de nourriture que je dévorai. Rassasié, je me reposai, ma frayeur s'apaisa et je recouvrai mes esprits. Je leur racontai par le détail tout ce qui m'était arrivé du début jusqu'à la fin et ce que j'avais enduré dans l'étroit torrent souterrain qui m'avait amené jusqu'à eux.

À la fin de mon récit, ils se concertèrent et décidèrent de me conduire auprès de leur roi pour que je lui narre mon aventure. Ils m'emmenèrent avec eux et transportèrent mon radeau avec tout ce que j'y avais chargé de richesses : gemmes, métaux précieux, perles et bijoux. Je fus introduit auprès du souverain que mes compagnons informèrent de ce qui s'était passé. Il me salua, me souhaita la bienvenue, me demanda comment j'allais et ce qui m'était arrivé.

Je le mis au courant de tout ce qui me concernait et lui racontai ce qui m'était advenu du début jusqu'à la fin. Mon récit le jeta au comble de l'étonnement. Il m'apprit qu'il régnait sur cette île, l'île de Sarandîb, et me félicita de m'en être tiré vivant. À ce moment-là, je me levai et courus à mon radeau où je pris une grande quantité de paillettes de métal précieux, de gemmes, de bois d'aloès et d'ambre pur. Je revins faire présent de tout cela au souverain. Il accepta, me combla en retour de ses largesses, m'installa en son palais et me compta parmi ses familiers. Je fréquentai dès lors les meilleurs et les plus grands personnages qui me témoignaient de leur très grande et respectueuse considération. Je ne quittais plus le palais. Tous les visiteurs de l'île venaient me questionner sur mon pays. Je leur en parlais et les interrogeais à mon tour sur le leur dont ils m'informaient.

Un jour d'entre les jours, le roi lui-même me pria de l'instruire de la façon dont le calife de Bagdad gouvernait son empire. Je lui fis part de son sens de la justice, de l'équité dont il faisait preuve dans ses décisions.

– Par Dieu, s'exclama-t-il admiratif, votre calife se conduit avec sagesse et raison, tu m'inspires à son égard beaucoup d'amitié. J'ai l'intention de choisir pour lui un présent que je te confierai.

– Je t'écoute et t'obéis, Monseigneur. Je lui porterai ton présent en soulignant qu'il a en toi un ami sincère.

Je séjournai un certain temps auprès de ce monarque. Très respecté, traité avec une extrême générosité, je menai une existence des plus agréables jusqu'au jour où, assis dans le palais, j'entendis dire que des négociants de la ville avaient affrété un navire dans l'intention de se rendre dans la région de Bassora. Je me précipitai sur-le-champ chez le roi, lui baisai la main et m'ouvris à lui de mon désir de repartir avec ces personnes sur le bateau qu'ils avaient affrété car je me languissais de ma famille et de mon pays.

– Ce sera comme il te convient. Si tu veux rester chez nous, c'est de tout cœur et bien volontiers que nous te garderons car nous apprécions ta compagnie ; sinon fais comme tu l'entends.

– Par Dieu, Sire, tu m'as certes comblé de bontés et de prévenances mais je désire ardemment retrouver ma famille, mon entourage et ma ville.

À ces mots, le roi fit venir les négociants qui avaient équipé le bateau et me recommanda à leurs bons soins. Il me couvrit de cadeaux, régla le prix de mon passage et me confia une somptueuse offrande et une lettre pour le calife Haroun al-

Rachid, maître de Bagdad. Je lui fis mes adieux, pris congé des amis que j'avais trouvés dans cette ville puis embarquai avec mes nouveaux compagnons de route. Nous eûmes bon vent et agréable traversée, et nous arrivâmes sains et saufs avec la permission de Dieu, exalté et magnifié soit-Il. Je passai à Bassora quelques jours et quelques nuits, le temps de me remettre, puis, chargé de tous mes biens, regagnai Bagdad, la Cité de la paix.

Mon premier soin fut de me faire annoncer au calife Haroun al-Rachid auquel je remis la lettre, qu'il se fit lire par l'un de ses secrétaires, puis l'offrande. Celle-ci comprenait :

Une coupe taillée dans le cristal de roche, haute d'un demi-pied et épaisse d'un doigt. Elle était emplie de perles blanches, chacune de la grosseur d'une noisette.

Un tapis fait d'une peau de ce serpent capable d'avaler un éléphant ; chaque écaille de cette peau a le diamètre d'un dinar. Elle a la vertu de guérir de toute maladie quiconque s'y étend.

Deux cents grains du camphre le meilleur, chacun de la grosseur d'une pistache.

Deux défenses d'éléphant longues chacune de douze coudées et larges à la base de deux. Ces magnifiques cadeaux étaient accompagnés par une belle jeune fille couverte de bijoux.

Le calife examina attentivement les présents et

m'interrogea sur le roi de Sarandîb. Je répondis que c'était un monarque puissant et très riche qui faisait preuve de justice, gouvernait avec sagesse et me semblait tout à fait digne de l'amitié que pourrait lui témoigner le Commandeur des croyants.

– Son palais est magnifique, continuai-je. Lorsqu'il se déplace, on lui dresse un trône sur un éléphant. Deux officiers le protègent, celui de devant porte une lance d'or et celui de derrière une sorte de sceptre couronné d'une émeraude. Deux rangées de proches et de hauts dignitaires escortent sur deux files l'éléphant royal qui est précédé d'une troupe considérable de gardes habillés d'or et de soie.

Haroun al-Rachid marquait le plus grand intérêt. Il ordonna de mettre par écrit mon récit et de le bien placer dans sa bibliothèque pour l'édification de ceux qui le liraient. Il se montra exceptionnellement généreux à mon égard et me vêtit d'une robe d'honneur.

Je restai à Bagdad et repris ma vie d'autrefois. Du premier jusqu'au dernier, les souvenirs de toutes les souffrances que j'avais endurées s'effacèrent de ma mémoire. Je savourai une existence de distractions, de réjouissances et de plaisirs. Ainsi prit fin, chers frères, mon sixième voyage. Demain, plaise à Dieu le Très Haut, je vous raconterai le septième, plus extraordinaire et étrange encore que les précédents.

Comme d'habitude, la table fut mise et le dîner servi. Le maître de maison fit remettre cent mith-qâls d'or à Sindbâd le portefaix qui les prit et s'en fut passer la nuit chez lui. L'assemblée se dispersa. Tous étaient au comble de l'émerveillement d'avoir entendu cette prodigieuse histoire.

À l'aube, Sindbâd le portefaix se leva, fit sa prière puis retourna chez Sindbâd de la mer. Bientôt arrivèrent les autres amis. Lorsqu'ils furent tous présents, Sindbâd commença le récit de son septième voyage.

LE SEPTIÈME VOYAGE
La mer du bout du monde

Mes chers amis, au retour de mon sixième voyage, je retrouvai l'existence que je menais auparavant, faite de jouissance et de bonheur, de distractions et de plaisirs. Je vécus ainsi longtemps, jour et nuit, dans la quiétude et la joie. J'avais acquis une fortune considérable dont je tirais de très grands bénéfices.

Je n'avais plus maintenant le désir de voyager. Mon âge ne me permettait plus de courir le monde et surtout d'endurer les fatigues, d'affronter les dangers de la navigation. Mais il se trouva qu'un jour le calife Haroun al-Rachid me fit demander. Je me rendis au palais, fus introduit et baisai le sol devant le souverain. Son chambellan me fit asseoir non loin de lui à une place qui convenait à mon rang. Après s'être enquis de ma santé, il me dit ces paroles :

– Sindbâd, il faut te rendre auprès du roi de Sarandîb. Tu lui remettras une lettre que j'ai dictée en réponse à la sienne et tu lui offriras les cadeaux que je lui destine. Il sera sûrement fort content de te revoir et de te renouveler l'amitié qu'il t'a déjà exprimée. Prépare-toi donc à partir.

À ces paroles, le monde s'assombrit à mes yeux comme s'il se couvrait de nuées. J'étais surpris et perplexe. J'avais fait vœu de ne plus jamais quitter Bagdad, mais comment déplaire au calife et lui refuser obéissance ? Je ne pus que répondre que j'avais écouté et que j'obéissais. Il me fit remettre dix mille dinars et me confia pour le roi de Sarandîb une lettre et ces cadeaux :

Un vase en cornaline blanche posé sur une nappe de soie sur laquelle était brodé un guerrier armé d'un arc tendu vers un lion qui avançait sur lui.

Des étoffes de fine soie brodée de Bagdad, Koufa et Alexandrie.

Un magnifique ensemble de housses de velours cramoisi.

Enfin une superbe paire de chevaux d'Arabie.

Puisque j'allais reprendre la mer, il me fallait en profiter pour visiter le monde, rencontrer d'autres gens et me livrer au négoce. Je m'apprêtai donc à tout cela.

J'empaquetai des marchandises très recherchées, propres à supporter la navigation, et on me les transporta de Bagdad à Bassora. J'y vis un navire prêt à appareiller sur lequel avaient pris place, outre l'équipage et des gardes veillant aux cadeaux du calife, un groupe de grands négociants. J'embarquai avec eux, trouvai leur compagnie très agréable et devins leur familier. Nous levâmes l'ancre dans la paix et la tranquillité.

Le vent nous fut favorable si bien que nous arrivâmes à Sarandîb au bout de deux mois de navigation. Je débarquai et fis avertir le roi que j'étais envoyé par le calife de Bagdad et que je souhaitais être reçu par lui. On vint me chercher et je pénétrai dans le palais. On me conduisit à la salle d'audience royale où je baisai le sol devant le souverain. Celui-ci me fit relever et asseoir non loin de lui. Il m'avait reconnu et, au comble de la joie, me traitant avec bienveillance et attention, me dit :

– Tu es donc revenu en notre royaume, cher Sindbâd, c'est une bénédiction de te revoir.

– Sire, Son Excellence le calife Haroun al-Rachid me charge de te remettre cette lettre et les cadeaux que voici.

Le souverain examina l'offrande avec beaucoup de bonheur et me chargea de transmettre toutes ses salutations au calife de Bagdad. Il voulut me retenir auprès de lui aussi longtemps que la première fois. Mais je pris juste le temps de me reposer et vins lui faire mes adieux Je m'embarquai de nouveau sur le vaisseau qui nous avait conduits de Bassora à Sarandîb. Les négociants de ma compagnie souhaitaient aller faire quelques affaires ici et là. Je ne m'y opposai pas.

Nous naviguâmes de mer en mer et d'île en île de la plus agréable des façons. Nous étions au comble de la joie et du plaisir. Nous nous entretenions de voyages et de négoce. C'est alors que se mit à souffler un violent vent debout. La pluie tombait à verse, nous étions trempés et nos paquets s'imbibaient d'eau. Nous mîmes nos marchandises à l'abri, de peur qu'elles ne se détériorent. Nous implorions le Seigneur, exalté soit-Il, et Le suppliions humblement de nous tirer de cette mauvaise passe.

À ce moment, le capitaine du vaisseau retroussa ses vêtements, les serra à la taille avec sa ceinture puis grimpa au nid-de-pie[1]. Il tourna la tête à droite et à gauche puis regarda les passagers et se mit à se frapper les joues et à s'arracher les poils de la barbe. Nous lui criâmes :

— Mais que se passe-t-il donc ?

— Priez Dieu de venir à notre secours dans le danger, pleurez sur votre sort, échangez vos derniers adieux. Le vent contraire nous entraîne vers la plus lointaine des mers du monde.

Il redescendit du mât, alla à son coffre et en sortit un petit sac de coton qu'il ouvrit pour y prendre une poudre semblable à de la cendre. Il la

---

1. Nid-de-pie : poste d'observation en haut d'un mât.

mélangea à de l'eau, attendit un moment et inhala les vapeurs du liquide ainsi formé. Il tira encore de ce même coffre un petit livre qu'il feuilleta avant de nous dire :

– Passagers, sachez que ce livre révèle quelque chose de très étrange. Il y est écrit que quiconque arrive en ces lieux n'en ressort pas vivant. Cette terre a pour nom le Continent des rois. Elle abrite le tombeau de notre seigneur Salomon, fils de David, sur eux deux le salut. Des serpents gigantesques et hideux y vivent. Chaque fois qu'un navire s'aventure dans ces eaux du bout de l'univers, surgissent de leurs profondeurs des monstres marins qui l'engloutissent avec tout ce qu'il transporte.

Ces paroles du capitaine nous jetèrent dans la stupéfaction. À peine en eut-il terminé que le bâtiment se mit à se soulever hors de l'eau et à retomber. Nous entendîmes une clameur terrible, aussi forte que le grondement du tonnerre. Épouvantés, nous fûmes certains que nous allions périr sur l'heure. C'est alors qu'une baleine, aussi haute qu'une montagne, arriva sur nous. Au comble de l'effroi, nous nous préparâmes à mourir.

Nous regardions ce monstre, hypnotisés par ses proportions terrifiantes. Bientôt en surgit un autre plus phénoménal encore : jamais nous n'avions vu animal plus énorme. Nous nous faisions nos adieux en sanglotant quand apparut une troisième

bête, plus gigantesque que les deux précédentes. Les trois monstres se mirent à tourner autour du bateau. Puis la troisième bête se précipita pour engloutir le navire, quand une violente rafale de vent souleva ce dernier et le jeta sur un haut-fond contre lequel il se brisa et coula, entraînant dans les flots marchandises, négociants et équipage.

J'arrachai tous mes vêtements pour ne garder sur moi qu'une tunique légère. Je nageai quelques instants et réussis à atteindre une planche du bateau à laquelle je m'agrippai avant de m'y jucher. Les vagues, déferlant sous les vents, se jouaient de moi tandis que je flottais, accroché à ma planche. Elles me soulevaient puis me jetaient dans leur creux. J'étais épuisé de fatigue, de terreur, de faim et de soif. Je m'adressai d'amers reproches pour ce que j'avais fait. « Ah, Sindbâd de la mer, me disais-je, tu es incorrigible ! Tu t'exposes à chaque fois aux calamités et aux fatigues mais tu ne peux t'empêcher de reprendre la mer. Eh bien, endure maintenant ce qui t'arrive, tu le mérites. C'est le décret prononcé contre toi par Dieu, le Très Haut, jusqu'à ce qu'enfin tu te corriges de ton avidité au gain. Car c'est bien de cela qu'il s'agit. Je cours après la fortune alors que j'ai des biens considérables. »

Mais je repris ma raison et fis le serment solennel de ne plus voyager pour tout le temps qu'il me restait à vivre ; plus jamais je ne prononcerais le mot de voyage, plus jamais je ne l'aurais à l'esprit. Je suppliais Dieu, exalté soit Son nom, de m'épargner ; je me faisais humble et pleurais. Je me souvenais de l'existence que je menais à Bagdad, sereine, joyeuse, entièrement tournée vers les divertissements, les plaisirs et la gaieté.

Toute une journée se passa dans cet état. Le lendemain, je fus déposé sur le rivage d'une grande île couverte d'arbres fruitiers, aux eaux abondantes. Je cueillis des fruits, bus aux ruisseaux et revins ainsi à la vie. Je repris courage et retrouvai mon énergie, le cœur désormais en paix. Je marchai à travers l'île et avisai une large rivière dont les eaux douces avaient un cours très rapide. Je me souvins alors du radeau que j'avais construit lors de mon voyage précédent. « Il me faut en monter un semblable, me dis-je. Ou je m'en sors et alors je serai fidèle à mon serment fait à Dieu, exalté soit-Il, de ne plus jamais voyager ; ou je péris et mon cœur n'aura plus à endurer ces fatigues et ces tourments. »

J'entrepris de ramasser de grosses branches, éparses sur le sol, dont j'ignorais alors qu'elles étaient de santal, essence précieuse entre toutes et très rare. Puis je cherchai, à l'aide de fibres et de lianes poussant sur cette île, à tresser un cordage avec lequel j'assemblai solidement mon radeau.

Je le mis à l'eau, m'y installai et me laissai emporter par le courant de la rivière un premier jour, un deuxième puis un troisième. Pendant tout ce temps je dormis sans rien manger. Lorsque la soif me prenait, je buvais un peu d'eau de la rivière. Je me sentais aussi faible qu'un poussin étourdi tellement j'étais fatigué, affamé, inquiet. Mon radeau finit par arriver au pied d'une haute montagne sous laquelle la grande rivière s'engouffrait.

Voyant cela, je craignis de passer par les mêmes affres que lors de mon sixième voyage, je m'étais alors trouvé enserré entre les étroites parois du torrent souterrain. Je tentai d'arrêter la course de mon embarcation et de prendre pied à flanc de montagne. Mais je ne pus résister au courant trop fort qui entraîna le radeau sous terre. Il finit par déboucher dans un large fleuve dont les eaux mugissaient avec un bruit de tonnerre et s'écoulaient à la vitesse du vent. Je me cramponnai à mon esquif de peur d'en être jeté tant les remous me ballottaient de droite et de gauche. Le radeau continuait de descendre avec les eaux. J'étais incapable de le maîtriser et ne pouvais le conduire vers la rive.

Il finit par arriver à hauteur d'une ville impressionnante à voir, aux belles constructions, où se pressait une population nombreuse. Lorsque les gens m'aperçurent sur le radeau qui descendait le courant du fleuve, ils jetèrent un filet tendu en

travers et des cordages qui l'arrêtèrent. Ils le tirèrent à la rive. Je m'effondrai à leurs pieds, mort ou
peu s'en fallait de faim, d'insomnie et de terreur.

Alors se détacha du groupe un noble vieillard
au port majestueux. Il s'approcha, me souhaita la
bienvenue et jeta sur moi de beaux vêtements
dont je couvris ma nudité. Il m'emmena et me
conduisit jusqu'à un hammam. Il m'apporta des
boissons fortifiantes et des parfums aux délicieuses senteurs. Nous repartîmes ensuite pour
nous rendre chez lui. Sa famille me réserva un
aimable accueil. Le vieillard me pria de m'asseoir
dans une pièce des plus élégantes et fit servir un
repas très recherché. Je me régalai et, une fois
rassasié, remerciai Dieu, exalté soit-Il, d'avoir
épargné ma vie. Après quoi, de jeunes esclaves
m'apportèrent de l'eau chaude, des servantes me
tendirent des serviettes de soie pour essuyer mes
mains et ma bouche.

À ce moment-là, le vieillard se leva et fit
mettre à ma seule disposition un logis indépen-
dant attenant à sa demeure. Il ordonna à ses
jeunes serviteurs et servantes de se mettre à mon
service et de répondre à tous mes besoins. Ils prirent grand soin de moi. Je restai ainsi trois jours
dans cette maison des hôtes. À bien manger,
boire agréablement et user de parfums suaves, je
repris mes esprits, oubliai mes angoisses et retrou-

vai quiétude et sérénité. Le quatrième jour, le vieillard, mon hôte, vint me trouver et me dit :

– Ta compagnie nous est chère, mon fils, loué soit le Seigneur qui t'a conduit jusqu'à nous sain et sauf. Veux-tu m'accompagner sur la rive du fleuve ? Nous irons sur le souk où tu pourras vendre ta marchandise et, avec l'argent obtenu, faire du négoce.

Je me tus en me disant : « Ma marchandise ? D'où prend-il cela ? »

– Mon fils, ne te fais pas de souci, insista-t-il, et ne te préoccupe de rien. Viens avec moi sur le souk. Si quelqu'un offre pour ta marchandise un prix qui te convienne, reçois l'argent. Mais si aucune proposition ne t'agrée, garde ton bien dans mes magasins jusqu'à des jours meilleurs pour vendre et acheter.

Je réfléchis un moment : « Fais comme il l'entend, me dis-je, et tu verras bien quelle est cette marchandise dont il parle ! »

– J'écoute et t'obéis, mon oncle ! Tout ce que tu fais est béni et je ne puis te désobéir en rien.

Je le suivis donc au souk et constatai que, sur ses ordres, le radeau que j'avais construit de grosses branches de santal avait été débité. Un crieur public mettait les morceaux aux enchères.

Celles-ci ne cessèrent de monter jusqu'à mille dinars, somme au-delà de laquelle personne ne surenchérit.

Le vieillard se tourna alors vers moi et dit :

– Fils, ton bois de santal a atteint ce prix qui est courant ces jours-ci. Acceptes-tu ou préfères-tu attendre ? Dans ce cas je le garderai dans mes magasins jusqu'à ce que son prix monte, alors nous le vendrons.

– Seigneur, il en sera comme tu le souhaites !

– Mon fils, me vendrais-tu, à moi, ce santal pour cent dinars d'or de mieux que ce qu'en offrent les commerçants ?

– Affaire conclue !

Nous topâmes là puis il ordonna à ses jeunes esclaves de transporter le santal dans ses entre-pôts. Nous revînmes ensemble à sa demeure où nous prîmes place. Il calcula le prix, se fit remettre des bourses, y déposa la somme convenue et les munit de cadenas métalliques dont il me tendit les clefs.

Passèrent des jours et des nuits avant qu'il me prenne à part et me dise :

– Mon fils, j'ai une proposition à te faire qui me tient à cœur et je voudrais que tu l'acceptes.

– C'est quoi donc ?

– Je suis désormais un vieil homme sans héritier mâle. J'ai, par contre, une fille jeune, belle, bien faite et très riche. Je désire te la donner en mariage et tu resteras avec elle chez nous. Je te ferai propriétaire de tous mes biens présents et à

124

venir. Comme je suis âgé, tu prendras ma place pour gérer cette fortune.

Comme je restais silencieux, il insista :

– Obéis-moi, mon enfant, je n'ai en vue que ton bonheur. Marié à ma fille, tu seras comme mon fils et tous mes biens t'appartiendront. S'il te prenait l'envie de commercer ou de retourner dans ton pays, nul ne t'en empêchera ; tu pourras user de ma fortune et en faire ce que tu voudras et décideras.

– Par Dieu, mon oncle, je te considère déjà comme mon père. J'ai enduré tant d'épreuves que je ne sais plus où j'en suis ni à quoi me résoudre. Qu'il en soit fait selon ta volonté.

Aussitôt le vieil homme envoya ses jeunes serviteurs quérir le cadi et les témoins devant lesquels il déclara me donner légalement sa fille en mariage. Il nous offrit à cette occasion un banquet fastueux. Je pénétrai alors dans la pièce où se tenait ma femme. Elle était très belle, gracieuse, de jolie taille et fort agréablement tournée. Elle portait toutes sortes de vêtements et de parures féminines : bijoux, pièces d'orfèvrerie, colliers et pendeloques sertis de joyaux précieux. Tout cela valait des milliers et des milliers de pièces d'or, en quantité telle que personne n'aurait pu en fournir le montant.

Lorsque j'entrai dans cette chambre, mon épouse

me plut. Nous nous aimâmes et je vécus avec elle longtemps dans une totale harmonie et un grand bonheur. Son père ne tarda pas à être rappelé à Dieu et accueilli en Sa miséricorde. Nous le préparâmes et le conduisîmes à sa dernière demeure. Je pris possession de ses biens, y compris les esclaves que je gardai à mon service. Je bénéficiai de la considération dont il jouissait auprès des marchands de la cité. Il était leur doyen d'âge et prévôt, n'ignorait rien des affaires qui se traitaient sur la place et rien ne se concluait sans qu'il le sache et l'autorise. Je le remplaçai donc et fus investi de ses fonctions. Je me mis à fréquenter les gens de cette ville et pus les observer à loisir.

Je remarquai quelque chose de tout à fait étrange. Chaque mois, les hommes se métamorphosaient : il leur poussait des ailes qui leur permettaient de s'envoler jusqu'au zénith ! Ne restaient en ville que les femmes et les enfants. Je me dis : « Lorsque viendra le début du mois prochain, je demanderai à l'un d'entre eux de bien vouloir m'emmener là où ils se rendent tous. »

Quand arriva la fin du mois, ces hommes se mirent effectivement à changer d'aspect et de forme. Je me rendis chez l'un d'entre eux et lui dis :

– Que Dieu te protège, accepterais-tu de me prendre avec toi pour que je regarde ce que vous faites au ciel ? Je reviendrai ensuite avec vous.

126

– Cela est impossible.

Je ne cessai d'insister jusqu'à ce qu'il m'accorde cette faveur. L'heure arrivée, je m'accrochai à lui et il prit son envol. Je n'avais averti personne, famille, esclaves et amis. Cet homme, me portant sur ses épaules, s'éleva tant que je pus entendre distinctement les anges chanter les louanges du Seigneur sous la voûte céleste. Émerveillé, je murmurai :

– Glorifié soit Dieu, que grâces Lui soient rendues.

Je n'avais pas terminé mes louanges qu'une boule de feu jaillit dans le ciel qui manqua de consumer les hommes volants. Ils plongèrent tous vers le sol et me jetèrent au passage sur une montagne élevée. Au comble de la fureur contre moi, ils m'abandonnèrent et s'en furent.

Je me retrouvai seul et recommençai à me faire des reproches sur mon comportement. « Je n'échappe à une catastrophe que pour m'exposer à pire encore, pensais-je. »

C'est alors qu'apparurent deux adolescents aussi beaux que l'astre de la nuit, qui marchaient en s'appuyant chacun sur une canne en or. J'allai vers eux, les saluai, ils me rendirent mon salut :

– Je vous en conjure par Dieu, leur demandai-je, apprenez-moi qui vous êtes et ce que vous faites ici.

— Nous sommes des adorateurs de Dieu, exalté soit-Il, uniquement voués à sa dévotion.

Ils me remirent alors l'une de leurs cannes d'or rouge et poursuivirent leur chemin, me laissant seul. Je longeai la crête de la montagne en m'appuyant sur la canne et songeai aux deux adolescents rencontrés. Soudain surgit de sous terre devant moi un énorme serpent qui tenait dans ses mâchoires un homme englouti jusqu'à mi-corps. Le malheureux suppliait :

— Quiconque me sauvera, hurlait-il, sera préservé par Dieu de toute calamité.

Je m'avançai et assenai un coup violent sur la tête du serpent avec ma canne d'or. Le monstre ouvrit ses mâchoires et relâcha sa proie. L'homme me dit alors :

— Puisque je te dois la vie, je ne te quitterai plus jamais, tu seras mon compagnon sur cette montagne.

J'acceptai volontiers et nous nous mîmes en marche. Nous vîmes bientôt arriver vers nous un groupe d'hommes parmi lesquels je reconnus celui qui m'avait emporté dans les cieux sur ses épaules et rejeté au sol à l'apparition de la boule de feu. J'allai à lui, lui présentai mes excuses, me montrai très gracieux à son égard, et lui dis :

— Compagnon, ce n'est pas ainsi que l'on se comporte entre amis.

– Ne t'en prends qu'à toi-même, c'est toi qui nous as perdus par tes louanges à Dieu lorsque tu étais sur mon dos au plus haut des cieux.

– Ne m'en veuille pas. J'ignorais qu'à magnifier Dieu je vous mettais en péril. Je te promets de ne plus dire un seul mot si tu me ramènes chez moi.

Il accepta de me reprendre avec lui mais à condition que je ne prononce plus jamais le nom de Dieu ni ne L'exalte tant que nous serions dans les airs.

Il me plaça sur son dos, s'envola et me ramena chez moi. Je fus accueilli par mon épouse qui me salua et me félicita de m'en être sorti sain et sauf.

– Garde-toi bien, insista-t-elle, de sortir de nouveau avec ces gens. Ne les fréquente pas, ce sont des suppôts de Satan qui jamais n'invoquent le nom de Dieu, exalté soit-Il.

– Mais quelle était donc l'attitude de ton père à leur égard ?

– Il n'était pas des leurs et ne partageait aucune de leurs pratiques. Maintenant qu'il est mort, j'estime que tu dois vendre tous nos biens. Avec l'argent ainsi obtenu tu achèteras des marchandises et tu retourneras dans ton pays et ta famille. Je t'accompagnerai. Plus rien ne me retient dans cette ville après la disparition de ma mère et de mon père.

J'acquiesçai et entrepris de vendre petit à petit

les biens du vieillard, son père. Sur ces entre-faites, un groupe de marchands qui souhaitaient naviguer et n'avaient pu trouver un affréteur achetèrent du bois et se firent construire un grand bâtiment. Je convins avec eux du prix de mon passage et le leur versai intégralement. Ma femme embarqua et je fis charger tous nos biens. Nous abandonnâmes les propriétés et autres biens fonciers que je n'avais pas réussi à vendre.

Nous partîmes donc. Nous ne cessâmes de voguer d'île en île et de mer en mer. Poussés par un vent clément, nous arrivâmes sains et saufs à Bassora où je louai aussitôt un autre bateau. J'y fis transporter tout ce que nous avions et nous gagnâmes Bagdad. Je retrouvai mon quartier, rentrai chez moi et fus accueilli par ma famille, mes compagnons et mes amis. Je déposai mes marchandises dans mes entrepôts. Les miens avaient calculé depuis quand j'étais parti pour mon septième voyage : cela faisait vingt-sept années et ils n'avaient plus d'espoir de me revoir. Aussi, lorsque je revins et que je leur racontai tout ce que j'avais fait et tout ce qui m'était arrivé, ils furent stupéfaits. Ils me félicitèrent d'être de retour sain et sauf.

Mais cette fois je fis promesse solennelle à Dieu, exalté soit-Il, de ne plus jamais voyager que ce soit sur mer ou sur terre après ce septième voyage, qui avait été le plus prodigieux de tous et avait apaisé ma passion de toujours repartir. Je remerciai le Seigneur, magnifié et exalté soit-Il, de m'avoir ramené à ma famille, dans ma ville et dans mon pays.

Ô Sindbâd, ô terrien, conclut Sindbâd de la mer, considère ce qui m'est advenu. Certes, comme tu l'as dit dans tes vers, tu es pauvre et moi riche, mais à quel prix !

– Que Dieu te garde, répondit Sindbâd le portefaix. Ne me tiens pas rigueur de ce que j'ai pu penser injustement de toi.

Les deux Sindbâd se lièrent d'amitié et ne cessèrent de se fréquenter. Ils vécurent dans un bien-être croissant, joyeux et comblés, jusqu'au jour où survint celle qui met fin aux plaisirs ici-bas, disperse les assemblées, laisse les palais en ruine et emplit les tombeaux : la mort.

Gloire à l'Éternel qui ne peut être qu'éternité !

Carnet de lecture

Qui a écrit *Sindbâd de la mer* ?

Les aventures de Sindbâd appartiennent à un vaste ensemble de contes : *Les Mille et Une Nuits*. Ces histoires, avant d'être rassemblées par le Français Antoine Galland, ont été racontées des milliers de fois par des conteurs, et leur origine se perd. Les spécialistes y repèrent la trace de contes venus de la Perse, de l'Inde, de la Chine, et même de la Grèce. Le monstre du troisième voyage ressemble beaucoup au Cyclope de l'*Odyssée*, par exemple, et les compagnons de voyage de Sindbâd engraissés par leurs geôliers font penser aux pourceaux de la magicienne Circé.

Nous devons *Les Mille et Une Nuits* à Antoine Galland, un jeune homme pauvre né en Picardie en 1646 et devenu sous le règne de Louis XIV l'un des meilleurs connaisseurs des langues « orientales » : le grec, l'hébreu et l'arabe. Vers la fin de sa vie, il traduisit des manuscrits arabes que lui envoyaient des amis libraires du Caire, en Égypte, et d'Alep, en Syrie. Les douze premiers volumes des *Mille et Une Nuits* furent ainsi publiés entre 1704 et 1717, Antoine Galland étant mort en 1715.

Une histoire sans fin

Pour captiver ses lecteurs, le conte utilise un principe extrêmement ingénieux : le roi Shahriar, trompé par son épouse, passe chaque nuit avec une nouvelle femme qu'il fait assassiner au petit matin. Mais Schéhérazade, la fille du grand vizir promise à ce sort cruel, parvient à rester en vie grâce à un subterfuge : elle raconte des histoires tellement passionnantes que le roi veut à tout prix en connaître la fin… Habilement, Schéhérazade ne finit pas l'histoire avant le lever du jour. Il faut attendre la nuit suivante pour en connaître la fin, mais une nouvelle histoire commence alors, et ainsi de suite…

Dès sa publication, le recueil connut un succès considérable auprès de lecteurs qui avaient déjà beaucoup aimé les contes de Charles Perrault.

La fascination pour l'Orient

Au-delà de l'attrait pour le merveilleux et l'étrange, les lecteurs enthousiastes des *Mille et Une Nuits* pouvaient à leur tour apprécier cette civilisation arabo-musulmane.

Depuis les croisades, le monde chrétien était en rivalité permanente avec le monde musulman tout autour de la Méditerranée. Si, depuis leur défaite à Lépante en 1571, la pression des Turcs qui avaient pris le contrôle de l'Empire arabo-musulman se faisait moins forte, leur monde – l'Orient – restait toujours aussi fascinant pour l'Occident. Fascinant, mais aussi menaçant, car la littérature était remplie d'histoires vraies de captifs chrétiens réduits en esclavage par des pirates « barbaresques » musulmans.

Les contemporains de Louis XIV ne pouvaient être étonnés par la toute-puissance du calife, ni par le luxe effréné, le raffinement et la douceur de vivre des palais orientaux qui leur rappelaient leur propre Cour. De même, ils se retrouvaient dans le goût de l'aventure, de la conquête et des affaires à un moment où la France avait fondé de grandes compagnies de commerce sur le modèle hollandais et anglais pour réunir un premier Empire colonial outre-mer, principalement dans les Antilles et l'océan Indien.

En revanche, à travers ces contes, ils pouvaient rêver à une société beaucoup moins figée : Sindbâd, simple commerçant, doit sa fortune non à sa naissance mais à son esprit d'aventure et à son courage. Prêter un esprit chevaleresque et aventureux à un commerçant âpre au gain ne pouvait que les surprendre…

Sindbâd, un conte oriental

Qu'est-ce qu'un conte ?

Le conte est avant tout un genre populaire qui vient du fond des âges. Il est raconté le soir à la veillée par un récitant, un porte-parole qui transmet le savoir à l'oral et le passe ainsi de génération en génération. Quelques auteurs ont recueilli ces contes, les ont parfois même récrits comme Perrault, Andersen ou Grimm. Souvent, en croyant s'amuser ou s'évader, le public est en fait initié aux valeurs de la société. Il apprend ce qu'est le bien, ce qu'est le mal, ce qu'il faut faire dans certaines situations. Bien souvent, le héros est un enfant à qui, implicitement, on apprend à se conduire en société.

Le conte est un genre qu'on reconnaît rapidement car ses caractéristiques sont toujours les mêmes et ne sont pas nombreuses. Il s'ancre presque toujours dans un temps lointain, souvent indéfini. Si le conte débute la plupart du temps par une formule du type « il était une fois », il se termine par un retour à un équilibre qui a été perturbé au début du récit. Le conte est donc un texte clos sur lequel on ne peut revenir, auquel il n'y aura pas de suite, sauf dans l'imaginaire des lecteurs ou « écoutants ». Les personnages

sont souvent dépourvus de toute profondeur psycho-
logique : ils ne sont identifiés que par leur nom ou par
leur condition. C'est la raison pour laquelle on ne fait
pas leur portrait. Ils ne sont que le prétexte à une
aventure dont on doit tirer une leçon et dans laquelle
chacun doit pouvoir se retrouver.

Pour capter son auditeur, le conte fait appel au
merveilleux et le récit s'ouvre ainsi à toutes les possi-
bilités, notamment celles dont chacun rêve. Enfin, le
conte ressemble un peu aux fables par son souci d'apporter une leçon, d'être un exemple à suivre ou à ne
pas suivre en s'appuyant sur le plaisir de l'émerveillement.

Les récits de Sindbâd sont-ils des contes ?

Le récit s'ouvre d'emblée sur une formule qui nous
transporte dans un temps éloigné, celui « du temps du
calife commandeur des croyants Haroun al-Rachid ».
Les voyages vont s'y succéder sans aucun véritable
ancrage temporel : nous ne savons jamais quel jour
nous sommes, ni même dans quelle année. Seulement
« un jour d'entre les jours ».

Ainsi, le texte nous plonge d'emblée dans un lointain qui permet l'évasion. Il s'appuie pour cela à la fois
sur une géographie précise (Bagdad, Bassora) et sur
des lieux imaginaires. Ainsi Sindbâd, au cours de son
cinquième voyage, se retrouve-t-il dans la ville fictive

du « fin fond du Pays des Noirs » et dans l'île de Sarandîb, l'actuel Ceylan. L'entrecroisement de la réalité et de l'imaginaire permet ainsi de donner plus de vraisemblance à ces récits.

Chacun des voyages est, de plus, un récit clos, construit sur un schéma unique : Sindbâd prend le départ par goût du gain et du voyage, traverse des péripéties qui le mènent aux confins de la mort et du désespoir ; mais il finit toujours par revenir chez lui encore plus riche. L'enchaînement des récits pourrait ainsi ne jamais se terminer. Seule la prise de conscience de Sindbâd arrête ce périple. D'où la leçon qu'on peut tirer du conte : si Sindbâd reçoit chez lui un pauvre et le couvre d'or, c'est parce qu'il est guéri de son péché de cupidité. Il est devenu bon et a enfin trouvé le bonheur.

Mais par-delà cette leçon, que reste-il de *Sindbâd de la mer* pour le lecteur d'alors et celui d'aujourd'hui ? L'émerveillement d'un conte, surtout, fascinant par le foisonnement d'endroits extraordinaires et de peuplades singulières. Un conte qui, depuis des siècles, a joué dans l'imaginaire le rôle d'une invitation au voyage.

Le merveilleux dans *Sindbâd de la mer*

Qu'est-ce que le merveilleux ?

Un récit est dit « merveilleux » quand il comporte des éléments surnaturels, c'est-à-dire contraires aux lois de la science et de la raison. Les contes de fées en sont le meilleur exemple. Ces éléments n'entraînent aucune inquiétude ni aucune surprise chez les personnages qui y sont confrontés. Mieux, ils les acceptent comme faisant partie du monde dans lequel ils évoluent, pour le pire comme pour le meilleur...

La place du merveilleux dans *Sindbâd de la mer*

Ses aventures vont confronter Sindbâd à plusieurs formes de merveilleux.

D'abord, il rencontre un grand nombre de créatures extraordinaires. Des animaux, nés de l'imagination du conteur comme le rukhkh, cet aigle merveilleux par ses proportions et la taille de ses œufs, ou les reptiles géants ; mais aussi des ogres, qui se nourrissent des humains, comme le veut la tradition, et qui les engraissent de façon étrange dans le quatrième voyage.

Le merveilleux apparaît aussi dans les procédés d'exagération. Ainsi les diamants que récolte Sindbâd

143

ne se trouvent-ils pas dans les mines mais recouvrent la vallée, tout comme les pierres précieuses jonchent le lit de la rivière au sixième voyage.

C'est que les lieux traversés par Sindbâd sont aussi merveilleux. Ils regorgent de biens, de plantes, et la nature y est paradisiaque. D'autres peuvent être totalement imaginaires, comme l'île qui se révèle être le dos d'une baleine sur lequel la nature a pris racine. En allumant des feux, les malheureux voyageurs vont provoquer la colère du monstre et le premier naufrage de Sindbâd.

Enfin le merveilleux réside dans le destin même du héros. Il échappe à toutes les catastrophes, survit à son propre enterrement, échappe aux dents des ogres, aux reptiles et tire toujours parti des situations pour s'enrichir. Il parvient même, par miracle, à retrouver ses propres affaires perdues lors de ses différents naufrages !

Ainsi le merveilleux prend-il toutes sortes de visages dans les récits de Sindbâd. Ils suivent en cela la tradition du conte oriental, confrontant le personnage à mille dangers, naturels ou surnaturels, pour éprouver son courage et faire d'un simple humain, avec ses qualités et ses défauts, un héros hors norme lui aussi.

Le merveilleux religieux

Chaque voyage de Sindbâd est marqué par des évocations de « Dieu le Très Haut ». C'est d'ailleurs une prière de Sindbâd le portefaix qui déclenche la rencontre avec Sindbâd le voyageur puis son récit. On remarque que ce dernier, malgré ses richesses et ses biens, n'est jamais satisfait : il quitte sans cesse son palais, ses parents et ses amis pour courir le monde et y chercher encore plus de richesses. Finalement, dans le dernier voyage, il prend conscience de ce défaut condamnable : le désir de s'enrichir sans fin. À quelles souffrances s'est-il exposé pour posséder encore plus, lui qui a déjà tout ?

C'est par sa prière et son engagement que Sindbâd est sauvé. Implicitement Dieu intervient ; il est aux côtés du voyageur et lui permet d'échapper aux naufrages, aux griffes des monstres et aux mauvaises rencontres. Le merveilleux, dans ces récits de culture musulmane, est une façon de démontrer la puissance de Dieu et l'importance des merveilles qu'il a créées.

Le récit prend alors le sens d'une ode à Dieu. Il n'a pas pour seul but de divertir l'auditeur ou le lecteur, mais aussi de célébrer la diversité du monde, la puissance de son créateur et la nécessité pour l'homme de faire confiance en toutes occasions, même les plus périlleuses, à la volonté divine.

Et si c'était vrai ?

Toute œuvre de fiction renferme sa part de vérité. Que peut apprendre le lecteur en accompagnant Sindbâd à travers les pays extraordinaires qu'il parcourt ?

Un livre de géographie ?

Comme pour l'*Odyssée*, les savants ont longtemps cherché dans le texte de Sindbâd à reconstituer ses itinéraires, en s'appuyant par exemple sur la mention de l'île de Ceylan au cinquième voyage.

Mais aucune de ces tentatives n'est convaincante. Les contes étaient destinés avant tout à émerveiller l'auditeur, non à le renseigner sur les routes commerciales.

Faut-il alors abandonner toute considération historique et géographique en lisant les voyages de Sindbâd ?

Le lecteur attentif peut relever des indications historiques : le calife Haroun al-Rachid, qui envoie Sindbâd comme ambassadeur, a bien été le cinquième calife abasside. Il a régné de l'âge de vingt ans, en 786, à sa mort en 809, sur un immense empire à partir de Bagdad, sa capitale.

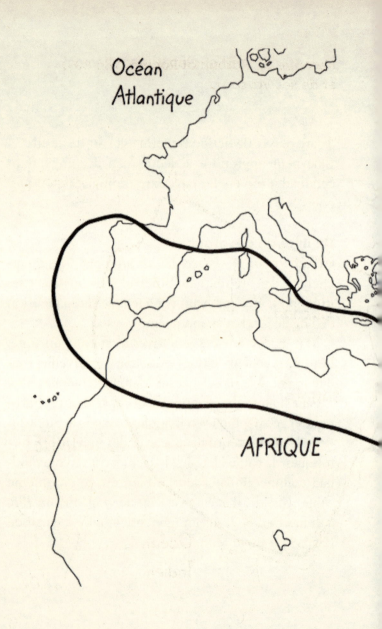

L'empire de Haroun al-Rachid (786-809) et de ses vassaux

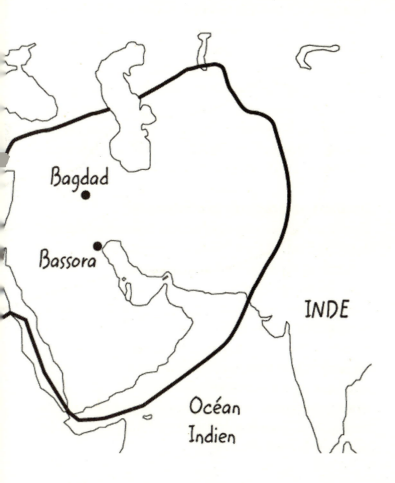

Quant au cadre géographique des voyages, on peut déduire d'après les produits échangés par Sindbâd, qu'il se situe sur les routes maritimes d'un grand commerce liant Bassora, le port situé au fond du golfe Persique, et la Chine, par des voies longeant les côtes de l'Inde et d'autres, plus aventureuses, à destination d'îles au large de l'Afrique (le « Pays des Noirs »). Ces régions ont été ensuite converties à l'islam et le demeurent aujourd'hui. Le conte vient nous rappeler que l'Empire musulman s'est installé à un carrefour commercial et culturel entre trois continents (Asie, Europe, Afrique) et deux ensembles maritimes (Méditerranée et océan Indien).

Sindbâd au cœur de la civilisation

Quelle est donc cette civilisation arabo-musulmane dont Sindbâd est l'un des dignes représentants ?

Sindbâd vit à Bagdad, sa capitale. La ville accumule les richesses d'un immense empire et assure à quelques-uns de ses habitants une vie extrêmement confortable grâce au concours de très nombreux esclaves. Dans de luxueuses demeures, agrémentées de jardins soigneusement irrigués qui apportent la fraîcheur, on vit au rythme des banquets, des discussions entre amis ; on se passionne pour la poésie, la musique, les parfums ; on cultive l'hospitalité et le plaisir de la connaissance.

Ces conditions de vie sont d'autant plus remarquables que le reste de la population survit, tel Sindbâd le portefaix, dans la pauvreté et le dénuement. Mais comme toutes les grandes villes, Bagdad est aussi le lieu de tous les possibles : Sindbâd le portefaix gagne sa place au palais de son homonyme par la grâce et la beauté de ses vers.

Cette civilisation raffinée accorde un rôle particulier aux marchands et aux savants. L'empire est sillonné par des routes terrestres et maritimes où l'on trouve sans peine tout ce qu'il faut pour le commerce : des convoyeurs (navires et capitaines) pour transporter les marchandises ; de l'argent (dinar et dirham) qui complète le troc ; enfin une langue, l'arabe, facilitant les relations entre ces réseaux amicaux ou familiaux qui garantissent le respect de la parole donnée, indispensable au commerce.

La recherche du profit qui anime Sindbâd se double, comme chez tous les marchands, d'un désir de connaissance. Connaissance des hommes, des produits, et ce jusqu'aux confins du monde connu, sans nécessairement porter de jugements ou céder à la peur… C'est qu'il y a peut-être, au bout de l'aventure, si dangereuse soit-elle, des affaires à faire ! Tant pis s'il faut, pour cela, prendre d'énormes risques – les naufrages successifs de Sindbâd sont là pour le rappeler.

Les rencontres de Sindbâd avec des êtres humains et des animaux fabuleux illustrent donc à chaque fois le contact souvent brutal entre la civilisation et la sauvagerie, ou au moins l'inconnu et l'insolite. Et sa chance insolente ne fait que célébrer la victoire finale de la civilisation et la volonté de Dieu d'épargner ceux qui croient en lui.

Le portrait d'un bon musulman

Lire *Sindbâd de la mer* peut servir d'introduction à la connaissance de cet empire construit en quelques années sur une religion particulière : l'islam.

L'islam est aussi une foi en une histoire. Celle de Muhammad (retranscrit sous le nom de Mahomet), un marchand de La Mecque, ville d'Arabie, qui affirme avoir reçu un message du dieu unique, Allah. Cette parole divine est transcrite dans un livre sacré, le Coran. Ce dernier impose principalement aux fidèles cinq obligations : la croyance en un dieu unique, Allah ; la prière ; l'aumône ; le jeûne du mois de Ramadan ; le pèlerinage à la Mecque une fois dans sa vie.

Même s'il n'accomplit pas ces deux dernières obligations, on peut sans conteste affirmer que Sindbâd est un bon musulman : sa foi en Dieu est inébranlable. Il doute rarement et, quand tout indique que sa fin est proche, il s'en remet à Dieu avec une sorte de résignation. Quant à l'aumône, il la pratique généreusement, en particulier avec Sindbâd le portefaix.

Mais l'histoire de Mahomet ne s'arrête pas à la révélation divine. Chassé de La Mecque en 622, il fonde à Médine une ville proche, une première communauté de croyants. Cet événement, l'Hégire (fuite hors de La Mecque), est tellement important que cette date a été choisie comme le point de départ du calendrier musulman. Désormais Mahomet est à la fois un prophète et un chef politique qui ne cesse d'étendre la communauté de ses premiers fidèles jusqu'à sa mort en 632. Ses successeurs unifieront en un siècle un immense Empire. À sa tête, un calife, à la fois chef politique et militaire et « commandeur des croyants » à qui tout musulman doit une soumission absolue.

Ce long processus, fait de guerres, de conquêtes, de replis et de conversions, a mis en contact les premiers musulmans arabes avec une extraordinaire variété de peuples, de coutumes, de paysages et de royaumes. La certitude des musulmans d'être les croyants de la vraie foi et d'adorer le seul dieu leur a donné le désir de convertir les autres peuples. Mais aussi, comme le révèle Sindbâd, le désir de connaître leurs façons de vivre, y compris les plus étranges. Ainsi, c'est à peine si Sindbâd s'étonne de voir pratiquer l'anthropophagie (le fait de manger de la chair humaine), ou des coutumes funéraires dont il va être la victime...

Les princes musulmans ont réalisé une unification politique au nom de l'islam de territoires appartenant à des cultures très différentes, engageant avec eux des rapports de domination, mais aussi de dialogue, d'échange et de transmission.

Table des matières

Prologue, *7*

LE PREMIER VOYAGE
De l'île-baleine au royaume des cavales, *13*

LE DEUXIÈME VOYAGE
L'oiseau rukhkh et la vallée aux diamants, *27*

LE TROISIÈME VOYAGE
Les singes et le monstre noir, *41*

LE QUATRIÈME VOYAGE
Dans la caverne des mourants, *59*

LE CINQUIÈME VOYAGE
Le vieillard satanique et l'île aux singes, *81*

LE SIXIÈME VOYAGE
La rivière aux trésors, *99*

LE SEPTIÈME VOYAGE
La mer du bout du monde, *113*

Carnet de lecture, *133*

Mise en pages : Didier Gatepaille

Loi n° 49-956 du 16 juillet 1949
sur les publications destinées à la jeunesse
ISBN : 978-2-07-062762-2
Numéro d'édition : 286702
1er dépôt légal : août 2009
Dépôt légal : mars 2015

Imprimé en Espagne par Novoprint (Barcelone)